石川文子 編

フロネーシス桜蔭社

装丁　和田　誠

目次

この作品集は昭和40年から平成16年までの40年間を対象に、全ての教科書に掲載された小学校1、2年生の童話作品を読み、採用頻度を調べ、その結果を元に作品を選びました（採用頻度の結果は、巻末資料を参考にしてください）。

またリクエスト作品というのは、同じようにして5年前に出版しました3、4年生の作品集の愛読者カードにて寄せられたものです。

008　くじらぐも　中川李枝子

リクエストNo.1。「もう一度読みたい」のたくさんの声に応えて今回〝初めて〟教科書から飛び出しました。教科書でしか読めなかった名作が、この本で読めるようになりました。昭和46年から今でも掲載され続けています。中川李枝子先生のインタビューもあります。

018　チック　タック　千葉省三

お待たせしました。〝なつかしい作品〟としては一番人気の作品で、幅広い年代の方から多くのリクエストをいただきました。昭和40年から昭和60年まで21年間掲載されました。

028　小さい　白い　にわとり（ウクライナの民話）　光村図書出版編集部編

「この作品がどこにもない」というリクエストにお応えしました。教科書のための書き下ろし作品だったのです。声に出して読むと思わずなつかしさが込み上げてきます。

採用頻度 No.1
036　おおきなかぶ　内田莉莎子訳　A・トルストイ再話

1、2年生の全作品の中で採用頻度がもっとも高かった作品です。全ての国語の教科書に掲載されています。繰り返されるリズミカルな文章は音読によりいっそう輝きをまします。

採用頻度 No.2
044　かさこじぞう　岩崎京子

僅差でロシアの民話に一歩及びませんでしたが、日本の民話が採用頻度2位になりました。数ある日本の民話の中でも、一番善意とやさしさに満ちた幸せな作品ではないでしょうか。

採用頻度 No.3
058　ハナイッパイになあれ　松谷みよ子

創作童話の中では採用頻度No.1でした。この作品に影響を受けて風船を飛ばした人も多いのでは？（教科書では『花いっぱいになあれ』の表記になっています）

採用頻度 No.4

066 おてがみ　三木卓訳　アーノルド・ローベル原作

のんびりマイペースのがまくんとかえるくんのようにちょっと地味な印象ですが、実は採用頻度4位の実力派、教科書では常連さんです。このほのほん具合が心地いい作品です。

078 スイミー　谷川俊太郎訳　レオ=レオニ原作

20代、30代の方からたくさんのリクエストをいただきました。昭和52年に教科書に登場して以来、現在も採用され続けています。教科書にもレオ=レオニの色彩豊かな絵が掲載されています。

086 馬頭琴（モンゴルの民話）　君島久子訳

この作品にも多くのリクエストが寄せられました。今回はテキストだけで十分に感動を味わうことができる君島先生の訳を紹介します（教科書では大塚勇三再話の『スーホの白い馬』が掲載されています）。

102 おじさんのかさ　佐野洋子

個性的な主人公と言えば、このおじさん、かなりの変わり者です。強烈な印象を残して、リクエストが集まりました。「あめがふったらポンポロロン、あめがふったらピッチャンチャン」

112 花とうぐいす　浜田広介

『泣いた赤おに』など〝ひろすけ童話〟でおなじみの浜田広介の掌編です。初めて読んでもどこかなつかしさを覚える素朴で温かな作品です。

118 いちごつみ　神沢利子

登場するくまは「ウーフー」語ではなします。これって「ウーフ」のモデルかも？昭和40年から平成11年まで35年間という長い間教科書に掲載され続けた作品です。

126 おかあさんおめでとう（『くまの子ウーフ』より） 神沢利子

今でもウーフはせっせと学校に通っているので教室の中で出会った人も多いことでしょう。ウーフからの「どうして?」は、おとなも思わず考えさせられてしまいます。

138 きつねのおきゃくさま あまんきみこ

きつねの下心は「そうとも。よくある、よくあることさ。」なので、クスクス笑ってしまうのですが、意外なラストにほろりと泣けてきます。今でも教科書に掲載中です。

148 きつねの子のひろった定期券 松谷みよ子

昭和49年から54年に掲載されました。きつねの三兄弟がひろった定期券で行きたいところの夢をかたります。素直で健全で子どもらしい夢にホッとできる微笑ましい作品です。

＊ここからの5作品は、小学校5、6年生の作品に寄せられたリクエストにお応えしました。

162 きつねの窓 安房直子

「指で四角を作るお話なんですが……」というリクエストをいただきました。それはこの作品です。幻想的な青の色彩が、読者まで不思議な世界に誘い込んでしまう、そんな魅惑的な作品です。

176 やまなし 宮澤賢治

最初に出てくる「クラムボン」「かぷかぷわらう」といった独特な表現がとても印象的なので、後半に出てくる「やまなし」の存在は意外と薄いかもしれません。今でも掲載され続けています。

184 最後の授業　桜田佐訳　アルフォンス・ドーデ原作
昭和58年まで多くの教科書で採用されていたので、印象に残っている人も多いかと思います。なにげなく過ごしている平凡な毎日に突然「最後」が訪れたとき、後悔しない人はいるでしょうか。

194 譲り葉　河井酔茗
教科書には印象的な詩が多く掲載されています。これもそのひとつで、昭和46年から平成13年まで掲載されていました。子どもとおとな、読む立場によって感慨が違ってきます。

200 雨ニモマケズ　宮澤賢治
6年生の教科書で宮澤賢治の生涯として紹介されています。毎日がんばっているおとなと子どもたちのためにささやかながらも応援できればと、最後の一遍に選びました。

208 出典一覧

210 巻末資料

218 あとがき

くじらぐも

中川　李枝子

四じかんめの　ことです。
一ねん二くみの　子どもたちが　たいそうを　して　いると、
空に、大きな　くじらが　あらわれました。まっしろい
くもの　くじらです。
「一、二、三、四。」

くじらも、たいそうを　はじめました。のびたり
ちぢんだり　して、しんこきゅうも　しました。
みんなが　かけあしで　うんどうじょうを　まわると、
くもの　くじらも、空を　まわりました。
せんせいが　ふえを　ふいて、とまれの　あいずを　すると、
くじらも　とまりました。
「まわれ、右。」
せんせいが　ごうれいを　かけると、くじらも、空で
まわれ右を　しました。
「あの　くじらは、きっと　がっこうが　すきなんだね。」
みんなは、大きな　こえで、

「おうい。」

と　よびました。

「おうい。」

と、くじらも　こたえました。

「ここへ　おいでよう。」

みんなが　さそうと、

「ここへ　おいでよう。」

と、くじらも　さそいました。

「よし　きた。くもの　くじらに　とびのろう。」

男の子も、女の子も、はりきりました。

みんなは、手を　つないで、まるい　わに　なると、

「天まで　とどけ、一、二、三。」

と　ジャンプしました。でも、とんだのは、やっと
三十センチぐらいです。

「もっと　たかく。もっと　たかく。」

と、くじらが　おうえんしました。

「天まで　とどけ、一、二、三。」

　こんどは、五十センチぐらい　とべました。

「もっと　たかく。もっと　たかく。」

と、くじらが　おうえんしました。

「天まで　とどけ、一、二、三。」

　その　ときです。

いきなり、かぜが、みんなを　空へ　ふきとばしました。
そして、あっと　いう　まに、せんせいと　子どもたちは、
手を　つないだ　まま、くもの　くじらに　のって　いました。
「さあ、およぐぞ。」
くじらは、あおい　あおい　空の　なかを、げんき
いっぱい　すすんで　いきました。うみの　ほうへ、むらの
ほうへ、まちの　ほうへ。
みんなは、うたを　うたいました。空は、どこまでも
どこまでも　つづきます。
「おや、もう　おひるだ。」
せんせいが　うでどけいを　見て、おどろくと、

「では、かえろう。」
と、くじらは、まわれ右を　しました。
しばらく　いくと、がっこうの　やねが、見えて
きました。くじらぐもは、ジャングルジムの　うえに、
みんなを　おろしました。
「さようなら。」
みんなが　手を　ふった　とき、四じかんめの　おわりの
チャイムが　なりだしました。
「さようなら。」
くもの　くじらは、また、げんき　よく、あおい　空の
なかへ　かえって　いきました。

『くじらぐも』ができるまで——『くじらぐも』は、自分の作品の中でも一番苦労した作品です。

中川李枝子

❖徹底的に一年生のことを研究

400字詰め原稿用紙4枚のこの作品に1年間かけました。当時、光村図書出版の編集委員をされていた石森延男先生から「文字を覚えた子どもたちのために、楽しいおはなしを書いてください」とお手紙をもらったことがきっかけです。それまでは学校に上がる前の子どもたちのために作品を書いていました。保育園で保育士をしていましたから、毎日読者の対象と一緒にいたのです。だから幼児についてはよくわかるつもりでした。でも小学校の子どもたちのことはさっぱりわからない。それで現場の先生からのレポートを読んだり、学校に関する本を読んだりして、徹底的に一年生のことを研究したのです。

❖自分のこども時代のこともヒントに

私のこども時代は戦争中でした。学校に行くのがとても嬉しかったのに、学童疎開令が出て友達や学校と別れなければならなくなったのは、たいへんつらいことでした。その寂しさを紛らわすために、私は転校した学校に前の学校との共通点を探しました。それが校庭だったのです。今の小学校はわかりませんが、当時は校舎ってコの字型に建っていて、その真中が校庭だったのです。空を見上げては、「この空は、どこにでもつながっているんだなぁ」と思ったものでした。

❖この作品の根底には平和への思いも込められています。

ですから校庭に愛着があります。校庭といえば体操の時間。先生も子どもたちものびのびと手足を伸ばす。それに体育の時間だけは校庭がクラスだけの貸し切りとなる。ほかの子どもたちが教室の中で勉強している時間に、堂々と外で遊べて（遊びじゃないかも知れないけれど…）快感でしょ。

それと青空の下、安心して手足が伸ばせることのすばらしさ。だって空から何も落ちてこないんですから！　戦争していたらこうはいかない。テレビで戦争をしている国の子どもが映されると、とても辛いんです。あの子どもたちは手足さえ自由に伸ばせない。この作品の根底にあるのは平和ですね。平和であり続けることへの思いも込められています。

❖これで設定が決まりました。綿密な計画と配慮、そしてことばを効果的に使う工夫

大切なことは、全国の子どもたちに対し平等でなくてはならないということです。気候も風土も特定しない。主人公も女の子や男の子に決めない。また勉強が苦手な子も、そうでない子も楽しんで読めることが大切です。四時間目にしたのにも理由があるんですよ。四時間目って、このあとが給食ですよね。給食室からいい匂いがしてきてね。運動場を駆け回って、おなかがすいたところで給食！　それだけでワクワクするでしょ。それと一年生は必ず音読がありますから、発音し易いことばを選ぶということにも配慮しました。一年生ですと4月生まれと3月生まれでは相当差がありますから、舌の回る子も回りにくい子もいるわけです。

もっとも工夫をしたのは、〝ことばを効率よく、効果的に使う〟ということです。400字4枚の枠があり、一字一句、無駄にはできないのです。

❖こうして作品が完成！

非常な重圧でした。だって、つまらない教材で子どもたちがこくごを嫌いになったら責任重大でしょう！　北海道から沖縄までの一年生がこの作品を読むのです。否応《いやおう》なしに勉強するのですから。それも1時間じゃないのよ。何時間も！　そのころ私は教科書のことはぜんぜん知らなかったから、日本全国同じ教科書を使うと思っていたし、作品を依頼されたら、それが絶対教科書に載ると思っていたのね。あとになってわかったのですけれど、教科書会社はいくつかあるし、頼まれた作品が全て載るわけではないの。編集委員が検討するのです。でも結果的に『くじらぐも』は、一字一句の修正もなしに掲載されて、１９７１年の初登場以来、今日までずっと続いています。もう親子二代で読まれているのよね。

❖教科書の編集委員として

先ほど編集委員のことが出てきましたが、私は今編集委員として作品を探したり、選んだりする側になりました。

最近は世相を反映してか、家族の絆が稀薄だったり、ちょっと暗い内容の作品が候補に上がるのね。子どもが読んで楽しいかしら？　生きる力がわいてくるかしら？　教科書の作品を選ぶのはかなり厳しいんです。保育園や幼稚園の子どもたちの楽しみは学校にあがることですよ。楽しみにしている学校で、つまらない退屈な作品なんて読ませたくないじゃないですか。それに質の低いものは、子どもに失礼！　授業で何時間も扱うのですもの。

教科書のための書き下ろし作品が欲しいのですけれど、自分が『くじらぐも』でした苦労を思うと、なかなか簡単には頼めません。

――インタビューを終えて

『くじらぐも』は、愛読者カードによるリクエストNo.1の作品でした。

それくらい『くじらぐも』は子どもたちにとって忘れられない作品になっているのです。その理由がこのインタビューでわかってもらえたのではないかと思います。そしてお話を伺っている間、とても感じたのは子どもたちへの愛情でした。このことは編集委員としての先生のことばにも表れていると思います。保育園で手塩をかけた子どもたちに、小学校では作品となってエールを送りつづけていたのかも知れませんね。この作品の根底にあるものが平和への思いであるならば、この作品に貫かれているのは、子どもたちへの愛情なのだと思いました。

最後におまけのインタビューです。みなさんおなじみの『ぐりとぐら』のここだけのはなしです。

❖おはなしのヒントは、一緒にいた子どもたちから

主人公の名前や作品のタイトルなど、ネーミングはとても大切です。今でも常にアンテナをはりめぐらせて、表札にいたるまでチェックしていますよ。『ぐりとぐら』の名前は、フランスの『プフとノワローたのしいキャンプ』という絵本の原書がヒントになりました。「グリッ、グル、グラ」というところに来ると大合唱になるの。『ぐりとぐら』の名前はここから生まれたのです。このように、一緒にいた子どもたちからおはなしのアイディアをたくさんもらっています。保育園では私が先生だったけれど、本当は子どもたちが私の先生だったと感謝しています。

（編者註：現在日本で出版されている『プフとノアローたのしいキャンプ』の訳には「グリッ、グル、グラ」の部分はでてきません。これは中川先生ご自身がフランス語を訳されたときのものです。）

チック　タック

千葉　省三

おじさんの　うちの　ボンボンどけいのなかに　こどもが
ふたあり　いるんですよ。うそなもんですか。このおじさんが
ゆうべ　ちゃあんと　みたんだから。おじさんは　なまえまで
しってるんです。ひとりは　チック、ひとりは　タック。
チックとタック、チック、タック、チックタック……そうらね。

ちゃあんと、とけいの　おとに　なるじゃありませんか。

ところで　おじさんは、ゆうべ　おすしを　たべすぎて、おなかが　はって　ちっとも　ねむれなかったのです。

ほ、十じだな。うーん、くるしい。おや、もう　十一じだぞ、こりゃいけない。ゴースーウ、ゴースーウ、いびきを　かいてみても、ムニャムニャムニャ、ねごとを　いってみても、どうしても、おめめちゃん　おとなしく　ふさがってくれない。こまったなあ！

ボーンボーンボーンボーン……とうとう十二じだ。

おや、へんだぞ……おじさんは　めをこすって、じっととけいの　ふりこのところを　みつめました。

十二じを　うってしまうと　いっしょに、ボンボンどけいの
チクタク　いっていたおとが　ぱたっと　やんで、まもなく
こんな　こえが　きこえたんです。
「タック、タック、はやく　おいで。」
「チック、チック、きものが　ぜんまいに　ひっかかって
でられないんだよ。」
みていると、ふりこのところの　ふたが　ぽんとあいて、
そこから、ちいちゃい　ちいちゃい　あかい
さんかくぼうしを　かぶった　こどもがふたり、そっと
くびをだして　そとをのぞいたんです。おっと　みつかっちゃ
たいへん。おじさんは、あわてて　めをつぶって、いびきを

かきはじめました。

「やあ、みんなねてらあ。」

「いびきをかいてらあ、ずいぶん、ねぞうの　わるいおじさんだなあ」――おやおや、わるくちをいってるぞ。

　そのうちに　チックと　タックは、するすると　はしらをすべって、たたみのうえへ、ストンと　おりて　きました。

「なにをして　あそぼうねえ、タックちゃん。」

「かけっこ　しようか。かくれんぼ　しようか。」

「それより　いたずらして　やろうよ。ぼく、けむしをもってきて、おじさんの　えりくびに　とまらせて　やろう。」

おおっ！　たいへんなことに　なったぞ。おじさんはびっくりして、かめのこみたいに　くびを　すくめました。

「ぼく、ほんとは、おなかが　ぺこぺこなんだよ。」と、タックがいいました。

「ぼくも。じゃ、みんな　やめにして　だいどころへゆこうや。」——ああ、よかった。おじさんは、ほっとしました。

チックとタックは、しょうじの　やぶれたところから、おだいどころへ　ごそごそ　はいこんだ　ようすです。

「ある、ある。いろんなものが　あるよ。」と　タックがいっています。

「うまいや。ぎゅうにくの　つけやきだよ。」

「これは　てんぷらだ。ぜいたくな　おじさんだなあ。」

「おっと、おとうふの　おつゆだ」

もぐもぐ、もぐもぐ……たべている。あああ、おじさん、
あすのあさの　おたのしみが　ふいに　なっちまった。

つまんないなあ。と　おもっていると、

「ははあ、おすしだな。さっき　おじさんが、おいしそうに
たべていたっけ。」と　チックが　いいました。

「どれどれ。」くいしんぼうらしい　タックが、くちいっぱい
ほおばって　いっている　こえが　きこえました。と、

「うわッ、か、からい、からい。」

「ほ……ほ……くちに、ひが　ついた。」

なきだしそうな　こえで、チックとタックが　さけびました。
そうらごらん、ばちが　あたった。おすしの　わさびを
たべたんですよ。こどものくせに。
おじさんは　おかしくなって、おもわず、「ぷッ……」と
ふきだして　しまいました。
ところが　チックちゃん　タックちゃん、おどろいたの
おどろかないの、ワッというと　ガタンガタンと　しょうじの
あなを　とびこえて、てっぽうだまみたいに、ピュー……
スポンと　とけいのなかへ　にげこんで　しまったんです。
それっきり、しーんとして、しまいました。

けさになって、ボンボンどけいの　おとの　わるいこと。
ヂッグ、ダッグ、ヂッグ、ダッグ
きっと、ゆうべの　わさびがきいて、
のどをからしたんですよ。

解説《かいせつ》

お待たせしました！

この作品は昭和40年から昭和60年まで21年間掲載された作品だけあって、幅広い年代の方から多くのリクエストをいただきました。〝なつかしい作品〟としては、一番人気だったように思います。『チック　タック』という軽快なタイトルも印象に残りますね（教科書には『チックとタック』と「と」が入っておりましたが、今回は出典元に従って「と」は入れておりません）。

この作品は千葉省三全集の中に掲載されていますが、『チック　タック』の書名では出版されていないので、作者名を覚えていないと探すのは難しかったかと思います。

作者の千葉省三さんは、栃木県で過ごされた幼少年時代の体験をもとに郷土色豊かな童話も数多く残されています。昭和52年から平成11年まで、4年生の作品として掲載されていた『たかの巣とり』はその良い例で、少年たちのはなしことばに方言が取り入れられ、大変温かみのある作品になっています。その上彼らの言動はごくごく自然で、そこで実際に繰り広げられている生活をそのまま切り取ったようなみずみずしさに満ちています。作品の特徴の一つとして、無理な細工を凝らさず自然体ということがあげられるかと思うのですが、それは不思議の世界にも共通していえるようです。それゆえファンタジーの世界さえ、とても身近に感じられるのではないでしょうか。

ファンタジーの世界は真夜中に始まります。『チック　タック』も時計が12時を打ったときにファンタジーの幕が上がるのですが、いきなりナルニア国のような遠い世界に行ってしまうのではなく、お茶の間で繰り広げられるというのがとてもいいですね。個人的にはこのような「もしかしたら自分でも体験できるのではないかしら」と思わせてくれる身近なファンタジーがとても好きで、私はこのようなファンタジーを〝お茶の間ファンタジー〟と勝手に名づけています。この作品はその代表例で、この他この本の最後の方で紹介します安房直子さんの作品も（個人的な分類では）このお茶の間ファンタジーに入ります。

お茶の間ファンタジーは私たちの生活の一場面が舞台ですから、食べものの話もよく登場します。子どもは食べものの話が大好きです。今回、リクエスト作品の中に『ピザパイの歌』というのがありましたが、読みたい理由は、子どものころピザパイが食べたかったから、でした。

この作品にもおいしそうな食べものがたくさん出てきます。食材は確かにおじさん好みではありますが、具体的な食べものの描写も子どもたちの心をとらえたのでしょう。

この作品の教科書での挿絵についても一言触れておきましょう。昭和40年から昭和45年までは武井武雄さんが挿絵を描いており、昭和46年から昭和60年までを安野光雅さんが描いています。どちらもモダンでデザイン的なセンスの良さが印象的です。武井武雄さんの絵が紹介できないのはとても残念なのですが、安野光雅さんの絵は『光村ライブラリー第1巻』で楽しむことができます。第1巻にはこの作品のほか『春の子もり歌』なども収録されていますから、読んでみてください。

最後に『チック　タック』が書かれた時期ですが、この作品が書かれたのは大正12年になります。今から90年近くも前に書かれた作品とは思えない新鮮さです。良質な作品というのは時を超えても色褪せず、子どもたちの心に輝きを与え続けているのでしょう。

小さい　白い　にわとり

光村図書出版編集部　編
ウクライナの民話

1　小さい　白い　にわとりは、みんなに　むかって
いいました。

「この　むぎ、だれが、まきますか。」

ぶたは、

「いやだ。」
と　いいました。ねこも、
「いやだ。」
と　いいました。いぬも、
「いやだ。」
と　いいました。
小さい　白い　にわとりは、ひとりで、むぎを　まきました。

2　小さい　白い　にわとりは、みんなに　むかって
いいました。

「この　むぎ、だれが、かりますか。」

ぶたは、

「いやだ。」

と　いいました。ねこも、

「いやだ。」

と　いいました。いぬも、

「いやだ。」

と　いいました。

小さい　白い　にわとりは、ひとりで、むぎを　かりました。

３　小さい　白い　にわとりは、みんなに　むかって
いいました。

「だれが、こなに　ひきますか。」

　ぶたは、

「いやだ。」

と　いいました。ねこも、

「いやだ。」

と　いいました。いぬも、

「いやだ。」

と　いいました。

　小さい　白い　にわとりは、ひとりで、こなに　ひきました。

4　小さい　白い　にわとりは、みんなに　むかって
いいました。

「だれが、パンに　やきますか。」

　ぶたは、

「いやだ。」

と　いいました。ねこも、

「いやだ。」

と　いいました。いぬも、

「いやだ。」

と　いいました。

小さい　白い　にわとりは、ひとりで、パンに　やきました。

5　小さい　白い　にわとりは、みんなに　むかって
いいました。

「この　パン、だれが、たべますか。」

　ぶたは、

「たべる。」

と　いいました。ねこも、

「たべる。」

と　いいました。いぬも、

「たべる。」

と　いいました。

解説《かいせつ》

「『小さい　白い　にわとり』は、今でも暗誦できます。子どもに読んであげたいのですが、どこにもこの本がありません」

それもそのはず。この作品は、独立した一冊の本にはなっていないのです。ですから「これで、どうだ！」って、ちょっと胸を張りながら掲載しました。

この作品も「読みたくても読めなかった」「もう一度読みたい」というリクエストの上位にきた作品でした。こんな声も届きました。「にわとりが白ではなく赤で、結末も違うんだけど、話の筋は同じといった絵本なら1冊ありましたが、納得できませんでした」「似ているけれど、同じではない」というのは歯痒いんですよね。ちょっとむずむずする感じ。これですっきりしてもらえたのではないでしょうか。

「この作品が記憶に残っている」という人が多いのは、昭和34年から昭和51年まで、光村図書出版の教科書に掲載され続けたということもあると思いますが、それよりなにより、文章がとてもうまかったからだと思います。口調が良くてリズミカル。子どもの好きな繰り返しと、明快さ。声に出して読むと実に気持ちがいいのです。

「小さい　白い」というのは、一般的には、「小さな　白い」となるのかもしれませんが、そこをあえて「小さい　白い」と「い」の韻を重ねることで、安定した心地よいリズムが生まれ、発音のしやすさと、ちょっと舌足らずな言い回しのかわいらしさが、一年生の元気な声にぴったり合ったのでしょう。

お話の展開にもハラハラしたかも知れません。なにしろ、にわとりの〝最後のひとこと〟が書かれていないのですから。昭和40年まではおはなしの最後に、「小さい　白い　にわとりは、みんなに　なんと　いったでしょう。」という一文が小さな字で添えられていましたが、昭和43年からはなくなっています。この一文がなくたって、思いをめぐらしますものね。教室の中ではきっと、子どもたちの個性を反映した〝最後のひとこと〟が展開されて、笑いの渦に包まれたことでしょう。

参考までにいくつか本を紹介しましょう。最初にこの作品は独立した一冊の本にはなっていないと申しましたが、『光村ライブラリー第3巻』にも収録されています。これには、『きりかぶの赤ちゃん』や『ことりと木のは』なども収録されていて、すてきなカラーの挿絵までついていますので是非読んでみてください。それと「似ているけど、同じではない」本についてですが、これはたぶん徳間書店から出版されている『ちいさなあかいめんどり』（バイロン・バートン作　中川千尋訳）だと思います。イギリスの民話をもとにしているそうですが、どこの国にでも同じような民話はあるものです。またポール・ガルドン作、谷川俊太郎訳の『おとなしいめんどり』（童話館）もあります。機会があったら読み比べてみるのもおもしろいかと思います（因みにこの二冊は最後のひとことまでしっかりと書かれていますよ）。

最後になりましたが、この作品はウクライナの民話です。ウクライナの民話をもう一つ続けましょう。ウクライナとロシアの民話については、次の作品のあとで少しふれたいと思います。

おおきなかぶ

内田　莉莎子　訳
A・トルストイ　再話

おじいさんが　かぶを　うえました。

「あまい　あまい　かぶになれ。おおきな　おおきな　かぶになれ」

あまい　げんきのよい　とてつもなく　おおきい　かぶが

できました。
おじいさんは　かぶを　ぬこうと　しました。
　うんとこしょ　どっこいしょ
ところが　かぶは　ぬけません。

おじいさんは　おばあさんを　よんできました。
おばあさんが　おじいさんを　ひっぱって、
おじいさんが　かぶを　ひっぱって——
　うんとこしょ　どっこいしょ
それでも　かぶは　ぬけません。

おばあさんは　まごを　よんできました。
まごが　おばあさんを　ひっぱって、
おばあさんが　おじいさんを　ひっぱって、
おじいさんが　かぶを　ひっぱって――
　うんとこしょ　どっこいしょ
まだ　まだ　かぶは　ぬけません。

まごは　いぬを　よんできました。
いぬが　まごを　ひっぱって、
まごが　おばあさんを　ひっぱって、

おばあさんが　おじいさんを　ひっぱって、
おじいさんが　かぶを　ひっぱって――
　うんとこしょ　どっこいしょ
まだ　まだ　まだ　まだ　ぬけません。

いぬは　ねこを　よんできました。
ねこが　いぬを　ひっぱって、
いぬが　まごを　ひっぱって、
まごが　おばあさんを　ひっぱって、
おばあさんが　おじいさんを　ひっぱって、

おじいさんが　かぶを　ひっぱって――
　うんとこしょ　どっこいしょ
それでも　かぶは　ぬけません。

ねこは　ねずみを　よんできました。
ねずみが　ねこを　ひっぱって、
ねこが　いぬを　ひっぱって、
いぬが　まごを　ひっぱって、
まごが　おばあさんを　ひっぱって、
おばあさんが　おじいさんを　ひっぱって、

おじいさんが　かぶを　ひっぱって――

うんとこしょ

どっこいしょ

やっと、かぶは　ぬけました。

解説《かいせつ》

昭和40年から40年間に掲載された1、2年生の作品の中で、一番多く掲載されたのが『おおきなかぶ』でした。ロシアの民話が1位というのは、ちょっと意外な結果でしたか？　そしてこれは現在も掲載され続けていますから、1位の座は当分明け渡すことはないでしょう。この作品は全ての教科書で採用されています。このことは『おおきなかぶ』と3、4年生の作品の中で一番採用が多かった『ごんぎつね』しかありません。何百という作品がある中で、全ての教科書で採用されるということは特異なケースなのです。しかし、『ごんぎつね』（58点）が2位の作品（『一つの花』35点）に大差をつけたのに対し、今回は2位の作品と僅差でした（5点差）。そしてその両方とも民話です。民話の持つ素朴さと語りに適した口調のよさ、単純明快な話の展開が幼い児童の読み物として適しているのでしょう。その証拠に10位の中に民話が4つも入っています。

この作品も「うんとこしょ　どっこいしょ」というかけ声が心地よく、繰り返しによって話が進んでいきます。この手法は前作の『小さい　白い　にわとり』とよく似ています。実際、光村図書出版では昭和51年まで掲載されていた『小さい　白い　にわとり』に替わって昭和52年から登場したのがこの作品なのです。

ここでロシアの民話について一言触れておきましょう。ロシアは広大な国です。数多くの民族がそれぞれに自分たちの民話を持っています。19世紀にはアファナーシェフという人が各地から集めた約600もの民話を体系的に整理をしました。これらをもとに作家たちが文学的に仕上げていったのが再話です。ですから同じ民話でも再話する人によって随分と雰囲気が異なってくるのです。これはどこの国の民話でも言えることですね。

ここで紹介した『おおきなかぶ』は内田莉莎子さんが、A・トルストイが再話したものを訳したものです。トルストイというと文豪トルストイを思い出す人も多いかと思いますが別人です。しかし文豪トルストイも民話を元に『イワンの馬鹿』などを著していますから、ロシアの民話というのは、多くの作家が再話を試みたくなるほど魅力に溢れているのでしょう。

因みにロシアとウクライナは少し前までソ連という一つの連邦国家でした。更にソ連が誕生する前、ウクライナは旧ロシアの支配下にありましたから、ロシアの民話の中にはウクライナの民話も数多く含まれていると考えられます。この作品はウクライナ民話として表記されているものもあります。ウクライナの民話でおなじみなのが『てぶくろ』ではないでしょうか。これについてはこのあとの『おてがみ』の解説をお読みください。「えっ、どうして?」と思うでしょう。お楽しみに。

今回、掲載できませんでしたがロシアの民話としては『ひしゃくぼし』(『七つの星』)も数多く教科書に採用された作品でした。機会があったら読んでみてください。

さて「どっこいしょ」なら毎日、嫌というほど使っているという世のおとうさんがた!「かぶがぬけた?　だからどうしたの?　それだけのはなし?」なんて野暮なことは言わないで、どうぞ子どもと一緒に、あるいは一人でこっそりと〝声に出して〟読んでみてください。そうすることで童心に帰れるとはいわないけれど、「うんとこしょ　どっこいしょ」の心地よさにはまるはずです。声を出して読むことで、心のストレッチにしてください。

かさこじぞう

岩崎　京子

むかしむかし、あるところに、じいさまとばあさまがありましたと。

たいそうびんぼうで、その日その日をやっとくらしておりました。

ある年の大みそか、じいさまはためいきをついていいました。

「ああ、そのへんまでお正月さんがござらっしゃるというに、もちこの用意《ようい》もできんのう。」

「ほんにのう。」

「なんぞ、売《う》るもんでもあればええがのう。」

じいさまは、ざしきを見まわしたけど、なんにもありません。

「ほんに、なんにもありゃせんのう。」

ばあさまは、土間《どま》のほうを見ました。すると、夏《なつ》のあいだにかりとっておいたすげがつんでありました。

「じいさまじいさま、かさこさえて、町さ売《う》りにいったら、もちこ買《か》えんかのう。」

「おおおお、それがええ、そうしよう。」

そこで、じいさまとばあさまは土間《どま》におり、ざんざら、すげをそろえました。そして、せっせとすげがさをあみました。

かさが五つできると、じいさまはそれをしょって、

「かえりには、もちこ買《か》ってくるで。にんじんごんぼもしょってくるでのう。」

というて、でかけました。

町には大年《おおどし》の市《いち》がたっていて、正月買《か》いもんのひとで大にぎわいでした。

うすやきねを売《う》る店《みせ》もあれば、山から松《まつ》をきってきて、売《う》っ

ているひともいました。

「ええ、松《まつ》はいらんか。おかざりの松《まつ》はいらんか。」

じいさまも、声《こえ》をはりあげました。

「ええ、かさやかさやあ、かさこはいらんか。」

けれども、だれもふりむいてくれません。しかたなく、じいさまはかえることにしました。

「年越《としこ》しの日に、かさこなんか買《か》うもんはおらんのじゃろ。

ああ、もちこももたんでかえれば、ばあさまはがっかりするじゃろうのう。」

いつのまにか、日もくれかけました。

じいさまは、とんぼりとんぼり町をでて、村のはずれの野《の》っ原《ぱら》まできました。

風《かぜ》がでてきて、ひどいふぶきになりました。

ふと顔《あお》をあげると、道《みち》ばたにじぞうさまが六人たっていました。

おどうはなし、木のかげもなし、ふきっさらしの野《の》っ原《ぱら》なもんで、じぞうさまはかたがわだけ雪《ゆき》にうもれているのでした。

「おお、おきのどくにな。さぞつめたかろうのう。」

じいさまは、じぞうさまのおつむの雪《ゆき》をかきおとしました。

「こっちのじぞうさまは、ほおべたにしみをこさえて。それから、このじぞうさまはどうじゃ。はなからつららをさげてござらっしゃる。」

じいさまは、ぬれてつめたいじぞうさまの、かたやらせなやらをなでました。

「そうじゃ。このかさこをかぶってくだされ。」

じいさまは、売《う》りもののかさをじぞうさまにかぶせると、風《かぜ》でとばぬよう、しっかりあごのところでむすんであげました。

ところが、じぞうさまの数《かず》は六人、かさこは五つ。どうしてもたりません。

「おらのでわりいが、こらえてくだされ。」

じいさまは、じぶんのつぎはぎの手ぬぐいをとると、いちばんしまいのじぞうさまにかぶせました。

「これでええ、これでええ。」

そこで、やっと安心《あんしん》して、うちにかえりました。

「ばあさまばあさま、いまかえった。」

「おおおお、じいさまかい。さぞつめたかったろうの。かさこは売《う》れたのかね。」

「それがさっぱり売《う》れんでのう。」

じいさまは、とちゅうまでくると、じぞうさまが雪《ゆき》にうもれていた話《はなし》をして、

「それでおら、かさこかぶせてきた。」

といいました。

すると、ばあさまはいやな顔《かお》ひとつしないで、

「おお、それはええことをしなすった。じぞうさまも、この雪《ゆき》じゃさぞつめたかろうもん。さあさあじいさま、いろりにきてあたってくだされ。」

じいさまは、いろりの上にかぶさるようにして、ひえたからだをあたためました。

「やれやれ、とうとう、もちこなしの年越《としこ》しだ。そんならひとつ、もちつきのまねごとでもしようかのう。」

じいさまは、
こめの　もちこ
ひとうす　ばったら
と、いろりのふちをたたきました。
すると、ばあさまもほほとわらって、
あわの　もちこ
ひとうす　ばったら
と、あいどりのまねをしました。
それからふたりは、つけなかみかみ、おゆをのんでやすみました。

するとまよなかごろ、雪《ゆき》のなかを、

　じょいやさ　じょいやさ

と、そりをひくかけ声《ごえ》がしてきました。

「ばあさま、いまごろだれじゃろ。長者《ちょうじゃ》どんのわかいしゅが正月買《か》いもんをしのこして、いまごろひいてきたんじゃろうか。」

ところが、そりをひくかけ声《ごえ》は、長者《ちょうじゃ》どんのやしきのほうにはいかず、こっちにちかづいてきました。

　耳をすましてよくきいてみると、

　六人の　じぞうさ

　かさことって　かぶせた

じさまのうちは　どこだ
ばさまのうちは　どこだ
と、うたっているのでした。
そして、じいさまのうちのまえでとまると、なにやらおもいものを、
ずっさん　ずっさん
と、おろしていきました。
じいさまとばあさまがおきていって、雨戸《あまど》をくると、かさこをかぶったじぞうさまと、手ぬぐいをかぶったじぞうさまが、
じょいやさ　じょいやさ

と、からぞりをひいて、かえっていくところでした。

のき下には、米《こめ》のもち、あわのもちのたわらが、おいてありました。

そのほかにも、みそだる、にんじん、ごんぼやだいこんのかます、おかざりの松《まつ》などがありました。

じいさまとばあさまは、よいお正月をむかえることができましたと。

解説《かいせつ》

『かさこじぞう』は善意が報われるという幸せ、いつも誰かが（この場合はお地蔵さまが）どこかで見守ってくれているという幸せ、そして新しい年を晴れやかに迎えられるという幸せ、更に思うようにならなくても、くよくよしないという人生観。これらの要素と慎ましくて思いやりに溢れた人の心の温かさが、読み終わったあとの幸福感をもたらせてくれるのだと思います。

今回この作品を掲載するにあたり、たくさんの『かさ（こ）じぞう』を読み比べました。その中でも岩崎先生が書かれたものは抜きん出て描写力に優れ、登場人物のしぐさや顔の表情まで、はっきりと思い描くことができました。また「じょいやさ」「ずっさん」といった擬声語が効果的に使われているとも思いました。重たいものを置くとき「どさっ」という言い方をよくしますが、それよりも「ずっさん、ずっさん」と表現した方が、気持ちのこもったたくさんの宝物を丁寧に置いた感じがしませんか。ことばの使い方にも先生のセンスのよさを感じました。民話について先生は、（出典元の『かさこじぞう』のあとがきで）次のように述べています。

「文章の基本をたたき込まれたのが民話でした。祖先が何を喜び、何が情けなく、つらかったかの人生観、社会観を表現する方法も民話から教えてもらいました。それが私の創造の原点です。」

岩崎先生はご自宅で家庭文庫を開いていらっしゃいます。家庭文庫の役割と、子どものころ好きだった本についてお伺いしましたので紹介します。

1、子ども時代に好きだった本

最初の本といえばいわゆる保育絵本で、見開きいっぱいの絵は迫力がありました。武井武雄は子ども向けだからといって手加減のない、画家自身の内に溢れるものをぶつけた印象で、奇抜でもありましたが、その気迫に打たれました。子どもにも伝わるのですね。

本とはいえませんが、母は私たち姉妹を膝の周りに集めて話をしてくれました。話の内容より、母が話してくれたこと、そのころよく着ていた母の着物の柄が思い出されます。自分で読んだ本は『ハイジ』、『小公子』、『ピーターパン』などでした。

千葉省三作『トラちゃんの日記』は、小学校の図書室で見つけました。トラちゃんが、まるで隣の男の子みたいなリアリティがあり、ひきつけられました。坪田譲治作『風の中の子ども』、『子どもの四季』は、思慮深いお兄ちゃんの善太、やんちゃでかわいい三平の魅力にとりつかれ、私が児童文学漬けになったきっかけかもしれません。

それからこれは女学生になってからですが、これも図書室で宮澤賢治全集の『銀河鉄道の夜』に出会い、こういう世界があったのかと衝撃を受けました。そのころ東京の空は澄んでいましたし、街は灯火管制で暗かったので星がみごとでした。銀河など白く凍る息のようで、見上げていると汽笛が聞こえレールを渡っていく車輪の音がしてくるようでした。

2、家庭文庫で子どもたちと

月に一度、おかあさんや子どもたち、文庫のスタッフで「子どもといっしょに昔ばなしを読もう」の会をしています。『浦島太郎』のとき、子どもは「往きて還る…」のファンタジーの王道を楽しみ、おとなはこの作品からのメッセージ探しをしたり、玉手箱の意味を考えたりしました。

子ども時代の記憶からいうと、本の中の教訓が残っているのではなく、本を読んでくれた母の声、母の膝の温かさ、ぎゅっと抱きしめられたような嬉しさが、私の中に残っています。

つまりこれが文庫の使命でしょう。

ハナイッパイになあれ

松谷　みよ子

ある日のことでした。

学校の生徒《せいと》が、ふうせんにお花のたねをつけてとばしました。

「オハナヲウエマショウ、オハナヲイッパイサカセマショウ。」

こういうおてがみもつけました。

それからみんなでいっせいに、

「ハナイッパイになあれ、わーい。」
といって、ふうせんをとばしました。
ふうせんは、ふわふわとんでいきました。
あちらの家《いえ》やこちらの家《いえ》でひろわれるまで、ふわふわとんで
いきました。
そのふうせんのひとつが、どうまちがえたのか、町をとおり
ぬけ、村をとおりぬけ、お山までとんできました。
さすがにくたびれて、ふわふわふわふわゆれながら、お山の
中へおりてきました。それは、まっかなふうせんでした。

まっかなふうせんは、しずかに、ふわふわおりました。山の

中の、小さな野原《のはら》におりました。おりたところに、小さなきつねの子がひるねをしていました。子ぎつねのコンでした。

子ぎつねのコンは、とってもいいゆめをみていました。なんだかよくおぼえていないけれど、おいしいものをたくさんたべたあとのような、うれしい気持《きも》ちで目をあけました。

そうしたら、目のまえにぽっかり、まっかな花がさいていたのです。

まるくって、ふくらんで、ふわふわゆれる花でした。白い、ほそい、糸のようなくきがついていて、なんだか紙《かみ》づつみのような根《ね》っこがついていました。

コンは目をこすりました。はあっとためいきをつきました。

するとまっかな花は、もうそれだけで、ふわふわゆれました。

「へえー、びっくりした。ぼく、こんな花、うまれてはじめてみたよ。」

そうですとも、ふうせんのお花ですもの。コンは、でもそんなことしりません。

「きれいな花の根《ね》っこちゃん、ちゃんと土の中にはいっておいでよ。そうしないと、かれちゃうよ。」

そんなことをいって、両手《りょうて》で土をほりました。紙《かみ》づつみの根《ね》っこをあなにうめて、とんとんたたきました。

「そうだ、お水をやらなくっちゃ。」

コンはじぶんのあなにとんでかえって、青いコップをもっていきました。谷川《たにがわ》のふちでひろったコップでした。

コップに水をくんできて、チャプンと根《ね》っこにかけました。

それだけでもう、まっかな花は、ふわふわゆれました。

「いいなあ。いまに、こういう花が、もっともっといっぱいさくよ。ぼく、なんだかいいゆめみたと思《おも》ったけど、きっと、この花のゆめをみたんだ。」

コンはおひげをひっぱって、にこにこしました。

ところが、つぎの朝《あさ》目をさましたコンが、ぴょんぴょんはねながらいってみると……赤い花はちいちゃく、ちいちゃくしぼんで、草の上にくたんとたおれていました。

コンは、わあわあなきました。

けれども……それから雨がずいぶん、毎日《まいにち》ふって、それからコンがまたその野原《のはら》へいってみると、ふしぎなことがおこっていました。

まっかな花のさいていたあとに、みたこともない芽《め》が、すっくりかおをだしていたのです。

その芽《め》は、ぐんぐんのびました。ふとくて、しっかりしたくきでした。どんどんのびて、コンをおいこし、倍《ばい》の倍《ばい》の倍《ばい》ものびました。

そしてある日、大きな金色《きんいろ》の花をさかせました。ひまわりの花でした。学校の生徒《せいと》は、赤いふうせんにひまわりのたねをつけてとばしたのです。

コンは、目をこすって、しっぽを立てて、ほう！　とさけびました。

「すごいや、金色《きんいろ》の花だ。お日さまの花だ。みたこともないくらいでっかいぞう、うわあい、ぼく、あのとき、たしかにいいゆめをみたと思《おも》ったけど、あれは金色《きんいろ》の花がさいたゆめだったんだ！」

　金色《きんいろ》の花は、いくつもさきました。小さな野原《のはら》があかるくなるようでした。

　そして、秋《あき》には、びっしりたねがみのりました。まあるいたねでした。

　たねはこぼれました。おなかがすいたとき、コンは、ひまわりのたねをたべました。こうばしくって、あまいたねでした。

「ほんとに、あのときみたゆめ、こういうあじがしたよ。」

コンはおひげをひねっていいました。

こぼれたたねからは、つぎの年、また、ひまわりが芽《め》をだして、野原《のはら》じゅうに、大きな金色《きんいろ》の、ひまわりの花をさかせました。

もしあなたが山にのぼって、ぽっかりと、ひまわりの花をみたら、それはコンのひまわりです。

そして、学校の生徒《せいと》が、

「ハナイッパイになあれ。」

といって、ふうせんにつけてとばしたお花なのですよ。


（解説は160ページ）

おてがみ

アーノルド・ローベル　原作
三木　卓　訳

がまくんは　げんかんの　まえに　すわって　いました。
かえるくんが　やって　きて　いいました。
「どうしたんだい、がまがえるくん。きみ　かなしそうだね。」
「うん、そうなんだ。」

がまくんが　いいました。

「いま　一日のうちの　かなしい　ときなんだ。つまり　おてがみを　まつ　じかん　なんだ。そうなると　いつも　ぼく　とても　ふしあわせな　きもちに　なるんだよ。」

「そりゃ　どういう　わけ？」かえるくんが　たずねました。

「だって、ぼく　おてがみ　もらったこと　ないんだもの。」

がまくんが　いいました。

「一ども　かい？」かえるくんが　たずねました。

「ああ。一ども。」がまくんが　いいました。

「だれも　ぼくに　おてがみなんか　くれた　ことが

ないんだ。まいにち　ぼくの　ゆうびんうけは　からっぽさ。
てがみを　まって　いる　ときが　かなしいのは
そのためなのさ。」
ふたりとも　かなしい　きぶんで　げんかんの　まえに
こしを　おろして　いました。
すると、かえるくんが　いいました。
「ぼく　もう　いえへ　かえらなくっちゃ、がまくん。
しなくちゃ　いけない　ことが　あるんだ。」
かえるくんは　大いそぎで　いえへ　かえりました。
えんぴつと　かみを　みつけました。

かみに　なにか　かきました。
かみを　ふうとうに　いれました。
ふうとうに　こう　かきました。
「がまがえるくんへ」
かえるくんは　いえから　とびだしました。
しりあいの　かたつむりに　あいました。
「かたつむりくん。」かえるくんが　いいました。
「おねがいだけど、この　てがみを　がまくんの　いえへ
もって　いって、ゆうびんうけに　いれてきて
くれないかい。」

「まかせてくれよ。」かたつむりが　いいました。

「すぐ　やるぜ。」

それから　かえるくんは　がまくんの　いえへ
もどりました。

がまくんは　ベッドで　おひるねを　して　いました。

「がまくん。」かえるくんが　いいました。

「きみ、おきてさ、おてがみが　くるのを　もう　ちょっと
まって　みたら　いいと　おもうな。」

「いやだよ。」がまくんが　いいました。

「ぼく　もう　まって　いるの　あきあきしたよ。」

かえるくんは　まどから　ゆうびんうけを　見ました。
かたつむりは　まだ　やって　きません。
「がまくん。」かえるくんが　いいました。
「ひょっとして　だれかが　きみに　てがみを
くれるかもしれないだろう。」
「そんな　こと　あるものかい。」
がまくんが　いいました。
「ぼくに　てがみを　くれる　人なんて
いるとはおもえないよ。」
かえるくんは　まどから　のぞきました。

かたつむりは　まだ　やって　きません。
「でもね、がまくん。」かえるくんが　いいました。
「きょうは　だれかが　きみに　おてがみ　くれるかもしれないよ。」
「ばからしいこと　いうなよ。」
がまくんが　いいました。
「いままで　だれも　おてがみ　くれなかったんだぜ。きょうだって、おなじだろうよ。」
かえるくんは　まどから　のぞきました。
かたつむりは　まだ　やって　きません。

「かえるくん、どうして　きみ　ずっと　まどの　そとを
見ているの。」

がまくんが　たずねました。

「だって、いま　ぼく　てがみを　まって　いるんだもの。」

かえるくんが　いいました。

「でも　きやしないよ。」がまくんが　いいました。

「きっと　くるよ。」かえるくんが　いいました。

「だって、ぼくが　きみに　てがみ　だしたんだもの。」

「きみが？」がまくんが　いいました。

「てがみに　なんて　かいたの？」

かえるくんが　いいました。
「ぼくは　こう　かいたんだ。
『しんあいなる　がまがえるくん。ぼくは　きみが　ぼくの
しんゆうで　ある　ことを　うれしく　おもっています。
きみの　しんゆう、かえる』」
「ああ、」がまくんが　いいました。
「とても　いい　てがみだ。」
それから　ふたりは　げんかんに　でて　てがみの
くるのを　まって　いました。
ふたりとも　とても　しあわせな　きもちで　そこに

すわって いました。
ながい こと まって いました。
四日 たって、かたつむりが がまくんの いえに
つきました。そして かえるくんからの てがみを
がまくんに わたしました。
てがみを もらって、がまくんは とても よろこびました。

解説《かいせつ》

主人公のがまくんとかえるくん。のんびりマイペースでちょっとおかしなふたりですが、教科書では常連さんです。どこか飄々としているので、「採用頻度が高い人気作品なんだってね」と、はなしかけたとしても、「ふうん」とそっけなくかわされちゃいそうです。

この作品は文化出版局からシリーズで出版されています（『ふたりはともだち』『ふたりはいっしょ』『ふたりはいつも』『ふたりはきょうも』の中に、それぞれいくつかの短編が収められています）。教科書にもシリーズの中から『おてがみ』のほかに、『おちば』『早くめをだせ』『そこのかどまで』の4つのおはなしが掲載されています。このシリーズ作品には原作者自身による絵がついているのですが、この絵も個性的なタッチなので、かなり印象に残ると思います。

がまくんとかえるくんのおはなしは、この『おてがみ』に限らず、とりたてて何か事件が起こるわけではありません。早く芽が出るように蒔いた種に歌をうたってあげたり、春を探しにいくつものかどを曲がって出かけたりと、淡々とした毎日の些細な事柄がひとつひとつのおはなしの中心となっています。日常の中で見逃してしまいそうな小さな事柄。それをとおしてふたりの飾らない、自然で素直なやりとりが展開されます。

そしてこの作品の一番の魅力は、このふたりの心地よい絶妙な距離間ではないでしょうか。いつも一緒にいてもベタベタしたり、励ましあったりするのではなく、さり気ない相手への気遣いと思いやり。そして側にいる、寄り添うだけの優しさ。できそうでできないこの距離間が、おとなにとっても身にしみるほどうらやましく、心に響くのではないかと思います。

さて、『おおきなかぶ』の解説で『てぶくろ』（ウクライナ民話）という作品について触れました。この作品は内田莉莎子さんの訳でラチョフの絵本が有名ですが、実は三木先生もこの作品を訳しているのです（アルビン・トレッセルト作、ヤロスラーバ絵）。ラチョフの絵は力強くて貫禄があり、もはや古典的な存在です。一方三木先生が訳した『てぶくろ』の絵は、人物の配置も木々の描き方もグラフィックアートのように洗練されています。それでいて冷たい感じはなく親しみやすい絵柄です。文章はもとのおはなしを十分に活かしながら、てぶくろを落としたのをおじいさんから少年にするなど、全体に軽快さが感じられます。2つの作品を読み比べると、再話者（訳者）によって雰囲気が変わってくる民話というものが、益々おもしろくなってくると思います。内田莉莎子さんの『てぶくろ』は福音館書店から、三木先生の『てぶくろ』はのら書店から出版されています。

三木　卓先生にお伺いしました。みなさんも参考にしてくださいね。

1、こども時代に好きだった本

『プー横丁にたった家』　A・A・ミルン（石井桃子訳）

小学校2年か3年の1943年ころ、中国東北で読みました。読後ボーッとして夢を見ているような日々がありました。子どもの本をいい仕事だと思ったのは、この本のせいです。

2、今までに読んだ中で、一番好きな本

一番好きな本というのは決められませんが、大事だと思っているのは、ファーブルの『昆虫記』。それと昭和初年の改造社版、現代日本文学全集のうちの『少年文学集』などです。後者はそれまでの日本近代児童文学の成果をまとめたもので、振り返って考えるとき出てきます。

スイミー

ちいさな　かしこい　さかなの　はなし

谷川　俊太郎　訳
レオ＝レオニ　原作

ひろい　うみの　どこかに、ちいさな　さかなの
きょうだいたちが、たのしく　くらしてた。
みんな　あかいのに、一ぴきだけは　からすがいよりも
まっくろ、でも　およぐのは　だれよりも　はやかった。

なまえは　スイミー。
ところが　あるひ、おそろしい　まぐろが、おなかすかせて、すごい　はやさで、ミサイルみたいに　つっこんできた。
ひとくちで、まぐろは　ちいさな　あかい　さかなたちを、一ぴき　のこらず　のみこんだ。
にげたのは　スイミーだけ。
スイミーは　およいだ、くらい　うみの　そこを。
こわかった、さびしかった、とても　かなしかった。
けれど　うみには、すばらしい　ものが　いっぱい　あった。

おもしろい　ものを　みる　たびに、スイミーは　だんだん
げんきを　とりもどした。
にじいろの　ゼリーのような　くらげ……
すいちゅうブルドーザーみたいな　いせえび……
みたこともない　さかなたち、みえない　いとで
ひっぱられてる……
ドロップみたいな　いわから　はえてる、こんぶや
わかめの　はやし……
うなぎ。かおを　みる　ころには、しっぽを
わすれてるほど　ながい……

そして、かぜに　ゆれる　ももいろの　やしのきみたいな
いそぎんちゃく。
そのとき、いわかげに、スイミーは　みつけた。
スイミーのと　そっくりの、ちいさな　さかなの
きょうだいたち。
「でて　こいよ、みんなで　あそぼう。おもしろい　ものが
いっぱいだよ！」
「だめだよ。」ちいさな　あかい　さかなたちは　こたえた。
「おおきな　さかなに、たべられて　しまうよ。」
「だけど、いつまでも　そこに　じっと　してる　わけには

いかないよ。なんとか　かんがえなくちゃ。」
スイミーは　かんがえた。いろいろ　かんがえた。うんと
かんがえた。
それから　とつぜん　スイミーは　さけんだ。
「そうだ！」
「みんな　いっしょに　およぐんだ。うみで　いちばん
おおきな　さかなの　ふりして！」
スイミーは　おしえた。
けっして　はなればなれに　ならない　こと。みんな
もちばを　まもる　こと。

みんなが、一ぴきの　おおきな　さかなみたいに
およげるように　なった　とき、スイミーは　いった。
「ぼくが、めに　なろう。」
あさの　つめたい　みずの　なかを、ひるの　かがやく
ひかりの　なかを、みんなは　およぎ、おおきな　さかなを
おいだした。

解説《かいせつ》

この作品にもたくさんのリクエストが届きました。たまたまなのかも知れないけれど、男性からのリクエストが多かったです。男の子をひきつける不思議な力があるのでしょうか。

『スイミー』の原作者であるレオ＝レオニは、このほかにも谷川俊太郎先生の訳で『アレクサンダとぜんまいねずみ』や『フレデリック』などの作品があります。これらは教科書にも掲載されているので、読んだことのある方も多いかと思います。もともとは絵本として出版されており、『スイミー』の住む海はまるで龍宮城のように美しく描かれています。レオ＝レオニの絵本は好学社から何冊も出版されていますので、是非手に取って美しい絵本の世界を堪能してください。

レオ＝レオニの作品を翻訳した谷川俊太郎先生は、日本を代表する詩人で、翻訳家で、絵本作家で、その他の分野でも活躍なさっていますが、私から見ると「ことばの魔術師」のような存在です。ことばを自在に操って、命を吹き込んでいくように思えるからです。

例えば教科書にも掲載されている『生きる』という詩。一つも難しいことばなんて使っていない。奇をてらった表現もない。でも谷川先生がことばに命を吹き込めば、のどが渇くことだって、くしゃみをすることだって、ミニスカートだって私たちの心を動かしてしまうのです。

スヌーピーのキャラクターでおなじみの『ピーナッツ』シリーズの翻訳も、個性豊かな登場人物のかき分けが鮮やかです。チャーリー・ブラウンの「やれやれ！」は、本当に彼にぴったりですね。

『スイミー』は大変賢い魚の話でしたが、谷川先生と「魚」というと私には大好きな詩があります。それは『クレーの絵本』に収められている『黄金の魚』という詩で、こんなふうに始まります。

おおきなさかなはおおきなくちで／ちゅうくらいのさかなをたべ
ちゅうくらいのさかなは／ちいさなさかなをたべ
（中略）
いのちはいのちをいけにえとして／ひかりかがやく
しあわせはふしあわせをやしないとして／はなひらく
（後略）

この詩は諳んじることができるほど繰り返し読んでいますが、読むたびに熱いものが込み上げてきます。詩は難しそうと敬遠される方もいるかもしれませんが、谷川先生の詩は私たちが使うことばで書かれているのでわかりづらいことはありません。一度ページを開いてみてください。『クレーの絵本』は幻想的なクレーの絵に谷川先生の詩が添えられていて講談社から出版されています。

谷川俊太郎先生にお伺いしました。みなさんも参考にしてくださいね。

1、こども時代に好きだった本

『ぼく、ディビット』エリナー・ポーター作　中村妙子訳（岩波少年文庫）
私が子どもの頃『美しき世界』という題名で、野上弥生子さんが訳しておられました。野上さん御自身からいただいたその本を私は今でも持っています。当時は原作者の名前も本にはありませんでした。

2、今までに読んだ中で、一番好きな本

一冊だけあげるのはムリです。（すいませんでした！）

馬頭琴《ばとうきん》

君島　久子　訳
塞野《サイイエ》　採集整理

蒙古《もうこ》の人たちが、こよなく愛《あい》している楽器《がっき》、それは馬頭琴《ばとうきん》です。

馬頭琴《ばとうきん》は、その名のとおり、楽器《がっき》のさきのほうが馬《うま》の頭《あたま》の形《かたち》をしています。なぜそんな形《かたち》をしているのでしょうか。それにはこんなわけがあるのです。

むかしチャハル草原《そうげん》に、スーホーという羊飼《ひつじか》いの少年《しょうねん》がおりました。

スーホーは、年老《お》いたおばあさんにそだてられたのです。ふたりは二十ぴきあまりの羊《ひつじ》を飼《か》って、まずしくくらしていました。

スーホーは歌《うた》がとてもじょうずで、近《ちか》くの羊飼《ひつじか》いたちも、わざわざききにくるほどでした。

ある日のこと。日は山のむこうにしずみ、あたりはしだいに暗《くら》くなってきました。ところが、スーホーがまだ帰《かえ》ってこないのです。

おばあさんは心配《しんぱい》でたまりません。近《ちか》くの羊飼《ひつじか》いたちも、あつまってきて、さわぎはじめました。

こうしているところへ、スーホーが、まっ白い毛《け》のふさふさしたものをかかえて、ひょっこり帰《かえ》ってきたのです。

それは、生まれたばかりの子馬《こうま》でした。

スーホーは、おどろいているみんなの顔《かお》を見ると、わらいながらいいました。

「道《みち》ばたで、こいつが、ぴくぴくしてたんだ。だれもひろってくれないし、母馬《ははうま》もどこにいったかわからない。夜《よる》になって、オオカミにでもやられちゃあ、かわいそうだから、つれてきたのさ。」

日は、一日一日とすぎさりました。子馬《こうま》は、スーホーにかわいがられながら大きくなっていきました。からだはまっ白で、美《うつく》しく、たくましくそだちました。スーホーは、「しろ、しろ」とよんでかわいがり、見る人はだれでも、子馬《こうま》をほめないものはありませんでした。

ある夜《よる》のこと。
とつぜん、けたたましい馬《うま》のいななきに夢《ゆめ》をやぶられました。スーホーが、はっととびおきて外《そと》にかけだしてみると、おどろいたことに、大きなオオカミが、羊《ひつじ》の群《む》れにむかって、いまにもとびかかろうとしているではありませんか。

ところが、その前《まえ》に、白い馬《うま》が必死《ひっし》になって、立ちふさがっているのでした。

スーホーは、こん棒《ぼう》をふりあげ、ふりまわし、むちゅうでオオカミを追《お》いはらってしまうと、ひしと馬《うま》のたてがみを、だきしめました。

しろは、からだじゅう、汗《あせ》びっしょりです。どんなに長《なが》いあいだ、いのちがけで羊《ひつじ》をまもりつづけていたことでしょう。

「しろや、おまえのおかげでたすかったよ。」

それからのち、スーホーと白い馬《うま》は、まえよりもいっそう仲《なか》のよい兄弟《きょうだい》のようになりました。

時《とき》は、またたくまにすぎていきます。

ある年の春《はる》。草原《そうげん》に一つのたよりがつたわってきました。

王さまが、競馬《けいば》をおこない、一着《ちゃく》になったものを、むすめのむこにする、というのでした。

スーホーも、このたよりを耳にしました。

友《とも》だちはみな、スーホーに、しろをつれて出場《しゅつじょう》するようにと、すすめました。

そこで、スーホーは、しろといっしょにでかけていきました。

いよいよ、競馬《けいば》の開始《かいし》です。合図《あいず》とともに、スーホーも、おおぜいの若者《わかもの》にまじって、しろにひと鞭《むち》あてました。

しろは、ぱっと土ぼこりをあげて、かけだしました。黒《くろ》い馬《うま》、赤い馬《うま》、みなたくましい力で、負《ま》けずおとらずかけり、乗り手《のりて》は、鞭《むち》をふるって、まっしぐらに走《はし》らせます。

しろは、ぐんぐん仲間《なかま》をぬいて、ついに一着《ちゃく》でゴールインしました。

「第《だい》一着《ちゃく》の白馬《はくば》は、みごとであったぞ。乗《の》り手《て》をこれへよべ。」

王さまは、ごきげんでこういいました。

スーホーが、よばれて王さまの御前《ごぜん》にでました。王は、ひと目、その身《み》なりを見ると、はたとこまってしまいました。

いかにもみすぼらしい、羊飼《ひつじか》いの若者《わかもの》です。

（これでは、姫《ひめ》のむこにはできぬわい。）

と思《おも》った王は、ずるそうなわらいをうかべて、いいました。

「そちに、銀貨《ぎんか》を三枚とらそう。その白馬《はくば》を、これへとどめて、さっさと立ちされ。」

スーホーは、かわいいしろを、どうして手ばなすことができましょう。

「ぼくは、競馬《けいば》にきたのだ。しろを売《う》りにきたんじゃあない。」

くやしさがこみあげ、思《おも》わず口ばしりました。

「おのれ、羊飼《ひつじか》いのくせに。このわしにたてつこうというのか。さあ、こやつを、こっぴどくぶちのめせ。」

王のいいおわるのも待《ま》たず、ばらばらっと家来《けらい》たちがかけよって、スーホーをさんざんに打《う》ちのめしました。

スーホーは気をうしない、その場《ば》にほうりだされました。

王は、白馬《はくば》をうばって、意気《いき》ようようと、ひきあげていきました。

友《とも》だちは、スーホーをだきおこし、うちへかつぎこみました。おばあさんの、つきっきりの看病《かんびょう》がつづきました。そのかいあって、スーホーのからだは日ましによくなっていきました。それにしても、しろはどうしているのだろう、スーホーは心配《しんぱい》でたまりません。

すると、ある夜《よる》のことです。スーホーがねむっていると、とつぜん、トントンと戸《と》をたたく音がしました。

「だれ?」

ときいても、返事《へんじ》がありません。

トン、トン、トン
やっぱり、たたきつづけています。

おばあさんがおきていって、戸《と》をあけました。

「まあ、しろじゃあないの。」

その声《こえ》に、スーホーはあわててとびだしました。ほんとだ、しろが帰《かえ》ってきたのです。

見ると、しろのからだには、するどい矢《や》が七、八本もささっており、汗《あせ》が滝《たき》のように流《なが》れているではありませんか。

スーホーは歯《は》をかみしめ、つらいのをぐっとこらえて、矢《や》をぬきとりました。血《ち》が傷口《きずぐち》からほとばしりました。しろは、しだいによわり、そのあくる日、とうとう死《し》んでしまいました。

どうしてこんなことになったのでしょう。それはこういうわけなのです。

王は、りっぱな白馬《はくば》を手にいれたので、とくいになって、親類《しんるい》や友人《ゆうじん》に見せびらかしたいと思《おも》いました。そこで、吉日《きちじつ》をえらんで、おおぜいの客《きゃく》をまねき、酒《さか》もりをしたのです。

みなの見ている前《まえ》に、自慢《じまん》の白馬《はくば》をひきださせ、王が、いざ、またがろうとしたときです。

とつぜん、馬《うま》は、ぱっと高《たか》くはねあがって王をふりおとすと、人群《ひとむ》れを飛《と》びこえて、まっしぐらに逃《に》げだしました。

王は、はいおきてわめきました。

「はやくつかまえろ。だめなら射殺《いころ》せ。」

矢《や》は、雨あられのように、白馬《はくば》めがけてふりそそぎます。一本、また一本と、矢《や》がしろのからだにつきささります。けれどもしろは、からだに矢《や》をうけたまま必死《ひっし》でかけつづけ、逃《に》げ帰《かえ》ってきたのです。そして大すきな主人《しゅじん》のもとで、息《いき》をひきとっていったのでした。

しろは死《し》にました。

スーホーは、悲《かな》しさとくやしさで、いく晩《ばん》もねむれません。するると、ある夜《よる》、夢《ゆめ》の中に、しろがあらわれました。スーホーがそのたてがみをなでてやると、しろもからだをすりよせて、そっと話《はな》しかけました。

「わたしもあなたと、いつまでもいっしょにいたい。それには、わたしの筋《すじ》や骨《ほね》で楽器《がっき》をつくってください。そうすれば、あなたをいつもなぐさめてあげられるから。」

スーホーは、われにかえるとさっそく、しろのいったとおりに、骨《ほね》や筋《すじ》や尾《お》の毛《け》をつかって一つの楽器《がっき》をつくりあげました。

その楽器《がっき》をひくたびに、しろを殺《ころ》されたくやしさや、かわいいしろといっしょに、草原《そうげん》をかけているたのしさがよみがえってくるのです。それにつれて、楽器《がっき》の音《ね》も、いちだんと美《うつく》しい音色《ねいろ》になるのでした。

やがてこの楽器《がっき》は、馬頭琴《ばとうきん》とよばれて、草原《そうげん》の羊飼《ひつじか》いたちのなぐさめとなりました。夕ぐれになると、みんなあつまってきて、スーホーのかなでる馬頭琴《ばとうきん》の音《ね》に、一日のつかれをわすれてきいり、いつまでも立ちさろうとはしないのです。

解説《かいせつ》

この作品は『中国のむかし話』（偕成社文庫）に収められています。その巻末の解説で、「この作品を読んでなにかを感じてくれれば、もう解説なんて必要ないと思います」と先生は書かれているのです。中国文学、特に民話にかけては第一人者である君島先生にこのように書かれたら、さぁ、私はここで何を書いたらいいのでしょう。本当に困りました。

そしてもうひとつ驚いたことは、今回この作品の掲載をお願いしたとき、先生から「まだ納得できないところがあるから、もう一度原文と照らし合わせて改めて校閲したい」との申し出があったことでした。繰り返しになりますが、君島先生は日本翻訳文化賞など数々の賞も受賞されている中国伝承文学の大御所です。その先生がまるで一書生のような謙虚さで、納得がいくまで研究しつくす真摯な態度に、すっかり恐れ入ってしまったのでした。

この『馬頭琴』のおはなしは、『スーホの白い馬』としてご存知の方も多いかと思います。モンゴルの民話として人気のある作品ですから、多くの人が再話をしています。その中で私が君島先生の訳を選んだのは、絵本のように絵がなくても、文章だけで雄大なモンゴルの草原の様子や、スーホーと馬の深い愛情が子どもにもわかりやすく伝わると思ったからです。何冊も読み比べましたが、文章が凛としていて情感に流されず全体的に骨太でした。自分の頭の中のスクリーンに大草原を映し出しながら、この物語を十分に味わってください。

（僭越ながら）中国の民話についてひとことふれておきましょう。中国もかつてのソ連と同じように、共産主義になったとき文化の面で最初に力をいれたのが地方に伝わる民話を集めることでした。

モンゴルの遊牧民たちは、水や草を求めて家畜を追いながらの生活だったため、記録を書物に残すことはほとんどなかったようです。その分、民話や叙事詩の中に、人間についての知識や社会についての知識を盛り込んで子孫に伝えていったのでしょう。この作品も感動的な話の中に、社会的不公平さへの鋭い洞察力と批判力があることも見逃してはいけないような気がしました。

もちろん世界中にある民話や昔話全てに、教訓的なものが含まれているわけではありません。それでも民話には人々の喜びや悲しみ、人生観や社会観、困難を乗越え孤独に耐える智恵や勇気がさり気なく語られているようにも思えるのです。

君島先生の名訳をいくつかご紹介しましょう。中国の民話には『王さまと九人のきょうだい』のように日本ではあまりなじみのない民話もあります。容姿そっくりの九人兄弟が、それぞれに全く違う個性を発揮して大活躍するおはなしですが、活躍ぶりがユニークで痛快な気持ちになれる作品です。この兄弟話（?）は中国各地に伝わるそうで、兄弟が七人だったり、五人だったりするようです。教科書には『あかりの花』が掲載されています。また『チワンのにしき』は3、4年生の作品集に掲載させていただきました。スケールの大きい不思議な世界が展開します。

最後になりましたが、実は最初に触れた『中国のむかし話』には、「解説なんて必要ないと思います」としながらも、先生は大変わかりやすい解説を施しています。その解説は少数民族のすむ村の様子にまで筆が及び、読みながら中国を旅しているような気持ちにもなります。この解説こそ読む価値がありますから、是非みなさん、この作品集を読んでみてください。

おじさんの　かさ

佐野　洋子

おじさんは、とっても　りっぱなかさを　もっていました。
くろくて　ほそくて、ぴかぴかひかった　つえのようでした。
おじさんは、でかけるときは　いつも、かさをもって
でかけました。
すこしくらいのあめは、ぬれたまま　あるきました。
かさが　ぬれるからです。
もうすこしたくさん　あめが　ふると、あまやどりして、

あめが　やむまで　まちました。かさが　ぬれるからです。
いそぐときは、しっかりだいて、はしっていきました。
かさが　ぬれるからです。
あめが　やまないときは、
「ちょっと　しつれい、そこまで　いれてください。」
と、しらないひとのかさに　はいりました。
かさが　ぬれるからです。
もっと　もっと　おおぶりのひは、どこへも　でかけないで、
うちのなかにいました。そして、ひどいかぜで　かさが
ひっくりかえった　ひとを　みて、
「ああ　よかった、だいじなかさが、こわれたかも

しれない。」と　いいました。
あるひ、おじさんは、こうえんで　やすんでいました。
こうえんで　やすむとき、かさのうえに　てを　のっけて、
おじさんは　うっとりします。
それから、かさが　よごれていないか、きっちり
たたんであるか、しらべます。
そして、あんしんして、また　うっとりしました。
そのうちに、あめが　すこし　ふってきました。
ちいさなおとこのこが、あまやどりに　はしって　きました。
そして、おじさんの　りっぱなかさを　みて、
「おじさん、あっちに　いくんなら、いっしょに

いれてってよ。」と　いいました。
「おっほん。」
と、おじさんは　いって、すこしうえのほうを　みて、
きこえなかったことにしました。
「あら　マーくん、かさが　ないの、いっしょに
かえりましょう。」
ちいさなおとこのこの　ともだちの、ちいさなおんなのこが
きて、いいました。
「あめが　ふったら　ポンポロロン
あめが　ふったら　ピッチャンチャン。」
ふたりは、おおきなこえで　うたいながら、あめの　なかを

かえっていきました。
「あめが　ふったら　ポンポロロン
あめが　ふったら　ピッチャンチャン。」
ちいさなおとこのこと　ちいさなおんなのこが
とおくにいっても、こえがきこえました。
　あめが　ふったら　ポンポロロン
　あめが　ふったら　ピッチャンチャン
おじさんも　つられて、こえをだして　いいました。
「あめが　ふったら　ポンポロロン
あめが　ふったら　ピッチャンチャン。」
おじさんは、たちあがって　いいました。

「ほんとかなあ。」

とうとう　おじさんは、かさを　ひらいてしまいました。

「あめが　ふったら　ポンポロロン……。」

そういいながら、おじさんとかさは　あめのなかに
はいってしまいました。

おじさんの　りっぱなかさに、あめが　あたって、
ポンポロロンと、おとがしました。

「ほんとだ　ほんとだ、あめが　ふったら　ポンポロロンだあ。」

おじさんは、すっかり　うれしくなってしまいました。

ちいさないぬが、ぐしょぬれになったからだを、
ぶるんぶるんと　ふりました。おじさんも　かさを　くるくる

まわしました。
あめのしずくが　ピュルピュルと　とびました。おじさんは、
まちのほうへ　あるいていきました。
いろんなひとが、ながぐつをはいて　あるいていました。
したのほうで、ピッチャンチャンと、おとがしました。
「ほんとだ　ほんとだ、あめがふったら
ピッチャンチャンだあー。」
おじさんは、どんどん　あるいていきました。
あめが　ふったら　ポンポロロン
あめが　ふったら　ピッチャンチャン
うえからも　したからも　たのしいおとがしました。

おじさんは、げんきよく　うちに　かえりました。うちに
はいってから、おじさんは　しずかに　かさを　つぼめました。
「ぐっしょり　ぬれたかさも　いいもんだなあ。だいいち
かさらしいじゃないか。」
りっぱなかさは、りっぱに　ぬれていました。
おじさんは　うっとりしました。
おくさんが　びっくりして、
「あら、かさを　さしたんですか、あめが　ふっているのに。」
と　いいました。
おじさんは　おちゃと　たばこを　のんで、
ときどき　ぬれたかさを　みにいきました。

解説《かいせつ》

私の高校時代、通学電車の中でのことです。そのおじさんは雨の日に決まって「雨が降ります、雨が降る」の歌を口ずさむのです。座席に座っているときは、まっすぐ正面を向いたまま、立っているときは扉のところで窓の外を眺めながら。最初気味が悪くて、私たちはそのおじさんを遠巻きにしていましたが、それが毎度のことなのでいつの間にか気にならなくなりました。この雨の歌は歌詞もメロディーも寂しくて悲しい歌でした。なぜそのおじさんがこの歌ばかりを歌うのか、今だったら「あめがふったら、ポンポロロン」を教えてあげるのに、と思いました。

このおじさんもかなりの変わり者ですが、意外に素直なところもあって憎めないキャラクターです。それに大切だから使いたくないものって誰にでもあるのではないでしょうか。たとえば、自分で作った椅子があまりにもよくできたので、すわるのがもったいなくなってしまったとか、カメラを買ったのはいいけれど、使うのがもったいなくて人の写真に写ってばかりとか、車を買ったのはいいけれど、乗るのがもったいなくて車庫に入れっぱなしとか、大金はたいて家を買ったら、もったいなくて住めなくて、近くにボロアパートを借りて住んでいたりとか…？

佐野洋子先生は作家であり画家でもあるので、もともとの『おじさんのかさ』には先生が絵を描かれています。教科書にも同様に先生が絵を描かれています。最初、同じ絵かと思っていたのですが、原作と教科書の絵を見比べたら、違っていたのに驚きました。それは少しの違いなので、ざっと見ただけでは気付かなかったのです。先生は教科書のためにわざわざ描き起こしていたのですね。先生が描いたおじさんは、個性的でありながら、なかなかおしゃれなおじさんです。ひげも帽子も紳士的。ちょっととぼけたような表情には含みがあります。色遣いもモダンですから、是非一度絵本を開いてみてください。

佐野洋子先生の絵本の中で、一番人気が高いのは『百万回生きたねこ』ではないでしょうか。読んだことのある方も多いかと思います。個人的には『オレはねこだぜ』がお薦めです。このねこ、何があっても懲りたりしません。好きなものは好き、を通します。快感です。

また先生はエッセイも多く書かれています。このエッセイだとてもおもしろい。おもしろいと言っては失礼にあたる深刻な内容のものもあるのですが、このような正直な心情の吐露でさえ、気取らない先生のお人柄が文章に反映されていて、考えさせられながらも一気に読むことができます。そして読み終わったあとには、もう少し頑張ってみようかなという気持ちになれるのです。

名エッセイストである先生の最近のエッセイ集からいくつかをご紹介します。

役にたたない日々　朝日新聞出版（2008年）
シズコさん　新潮社（2008年）
覚えていない　マガジンハウス（2006年）
神も仏もありませぬ　筑摩書房（2003年）
がんばりません（文庫本）　新潮文庫（2008年）
友だちは無駄である（文庫本）　ちくま文庫（2007年）

花とうぐいす

浜田　広介

山の谷間《たにま》のほそいながれが、ちょろちょろと、やさしい音をたてだしました。やぶのかあさんうぐいすが、その水音をききつけました。

「さあ、もう春《はる》がきましたよ。」

げんきな子どもうぐいすは、さっそく、それをききつけて、やぶのおうちの窓《まど》をからりとあけました。まぶしい光《ひかり》が顔《かお》にちらりとさしました。

「さあ、早く、春《はる》の知《し》らせを、町と村にとどけてきなさい。みんなが、まっているでしょう。」

そう、いって、窓《まど》のところに立ちながら、やぶのかあさんうぐいすは、羽《はね》をひろげて、お日さまの光《ひかり》をのどにあてました。

「たくさん、鳴《な》いていらっしゃい。」

「はい。」

と、こたえて、すなおな子どもうぐいすは、かあさんどりに、いいました。

「おかあさん、春《はる》の知《し》らせをおわたしください。お手紙《てがみ》ですか。おはがきですか。」

「いえいえ、なんにも、持《も》ちものなどは、ありません。村と町にでていって、ほうほ、ほけきょ、と鳴《な》くのです。」

「ただ、それだけのことですか。」

「そうです。なけば、春《はる》の知《し》らせになるのです。」

たやすいことだと、お山の子どもうぐいすは、羽《はね》をならしてとびたって、村にきました。みちばたに木がありました。その木の枝《えだ》に、かるくとまって、うぐいすは、ほうほ、ほうほ、と鳴《な》きました。すると、その木の枝《えだ》のつぼみが、ぽつぽつとひらいて花になりました。

うめの花です。いい、においです。

うれしくなって、うぐいすは、枝《えだ》をうつって、上を見て、ほうほ、ほけきょと鳴《な》こうとしました。それでしたのに、でた音は、ほうほ、と、ばかりで、ほけきょ、と、こえが、でませんでした。

「なんだっけかな。こまったな。」

小首《こくび》をかしげて、うぐいすは、そこらを見ました。すると、そのとき、てくてくと、子どもが、ひとり、歩《ある》いてきました。子どもは、すぐに、うぐいすのすがたを見つけて、道《みち》にしずかにとまりました。そっと、しゃがんで、くちぶえをふきたてました。

「ほう、ほけきょ。」

「そう、そう、そうだっけ。」

お山の子どもうぐいすは、さっそく、子どものまねをして、やさしい声《こえ》で鳴《な》きました。

「ほう、ほけきょ。」

解説《かいせつ》

最近見かけなくなったもの。電車の車窓にはりつく子ども。少し前まで電車に乗ると、くるりと窓の方を向いて、飛んでいく景色を楽しそうに眺めていた子どもが多かったように思います。もちろん今だっているけれど、座るやいなやゲームを始める子も多くなりました。20～30年前には考えられなかったことが今では普通になっています。コンビニエンスストアでおむすびを買うことに最初は抵抗がありましたが、今は全く平気です。水だって買うようになるとは思いませんでした。そのうち空気まで売りに出されるかもしれませんね。それくらい時代や価値観ってあっさり変わってしまうんだなぁって思います。戦前戦後がそうであったように。

浜田広介さんの童話は以前、子どもには情緒的過ぎるとか、例えば『泣いた赤おに』の冒頭で、時と場所を明確に示さない書き出しは不適切、更に赤おにの登場のさせ方も子どもを混乱させるなどというような意見もあったようです。しかし時代は変わり、劇画風な読みものが小さな子どもにまで普及するような時代にあって、素朴で心温まる、また優しさや思いやりに触れることができる浜田広介さんの童話をもう一度見直してもいいのではないかと思いました。

現代は刺激的なゲームがはびこり、ネット社会が生活に浸透し、現実なんだか虚構なんだか理解できないような人が増え、社会を不安に陥らせています。でも子どものときに、人間にとって大切なものはなにかということをしっかり家庭で身に付けておけば、どんな仮想社会と現実の社会を行き来しようとも、善悪の判断は間違うことはないと思います。

それには相手の痛みや悲しみ、それに喜びを一緒に分かち合う経験をたくさん積むことではないでしょうか。経験は本によってもできると思います。社会のいろいろな出来事は、自分には関係ないと思っていても、じわじわ日常に染み込んで人々の感性や価値観をかえるくらいの力を持っていると思います。それくらい間接的なものの影響力って大きい。だから本だって優しい気持ちになれるものや、思いやりに溢れたもの、また命の大切さに気付かせてくれるものに触れていれば、やっぱりそれは自分の内面に沁み込んで自分の価値観になっていく、そう思うのです。

浜田広介さんは昭和40年代前半、川端康成さんと共に大阪書籍の教科書を監修していましたから、教科書にもいくつかの作品が掲載されています（巻末の表を参照）。それでもやはり代表作は『泣いた赤おに』や『むく鳥のゆめ』『龍の目のなみだ』などではないでしょうか。個人的にはいわさきちひろさんの絵も印象的な『龍の目のなみだ』がとても好きでした。『泣いた赤おに』はご存知の人も多いかと思います。最後の青おにからの手紙が感動的ですね。この青おには自分を犠牲にして赤おにを助けますが、青おにに痛々しさは感じられません。むしろ自分の立てた計画がうまくいった喜びさえ伝わってくるような気がするのです。そのためか「青おにがかわいそう」という感想は持っても、赤おにと青おにの友情と信頼と思いやりがうらやましくも思えてくるのです。『花とうぐいす』の子どもうぐいすは、人間の子どもに助けられてやっと自分の仕事ができました。人間と鳥との小さな交流が微笑ましく、初めて読んでもどこかなつかしさを覚える、素朴で温かな掌編です。是非このほかにも〝ひろすけ童話〟を読んでみてください。

いちごつみ

神沢　利子

ちいさな　おんなのこが、やまに　いちごを　つみに
いきました。
むちゅうで　つんで　いると、うしろから　だれかが
やって　きました。
あら、さぶちゃんも　いちごつみに　きたんだわ。
そう　おもって、おんなのこが　いいました。

「さぶちゃん、あなた　たくさん　とれた？　あたし、ほら、こんなに　とったわ。」
　ところが、さぶちゃんは　へんじを　しません。
「ねえ　さぶちゃん。あたし　おかあさんに　いちごジャム
つくって　もらうの。あなた、いちごジャムと
りんごジャムと　どっちのほう　すき？」
　すると、さぶちゃんが、こまったような　ひくい　こえで、
「ウーフー。」
「いやな　さぶちゃん。まるで、まぬけな　くまみたいな
こえ　だして。」
　すると、さぶちゃんが、おこった　こえで、

「ウーフー。」
「まあ、こわい。まるで　ほんとの　くまみたいよ。でも、
このやまの　くまは、とても　やさしい　くまだって、
おかあさんが　いってたわ。」
するど、さぶちゃんが、こんどは、うれしそうな　こえで、
「ウーフー。」
「あら、はっぱの　かげに　こんな　すばらしい　いちごを
みつけたわ。さぶちゃん、ほら、てを　おだしなさいよ。」
おんなのこが　そう　いって　ふりかえったら、そこに、
さぶちゃんは　いなくて、その　かわりに、おおきな
おおきな　くまが、のっそり　たって　いました。

「あら、あなた、さぶちゃんじゃ　なかったの。」
おおきな　おおきな　くまは、めを　ぱちぱちさせて、
とても　こまった　こえで　いいました。
「ウーフー。」
「そう、さぶちゃんで　なくたって　いいわ。この　いちご、
たべて　ごらんなさい。」
おんなのこは、くまの　てに、いちごの　つぶを
のせました。
「まあ、あなたの　て、なんて　おおきいの。あなた　きっと
ちからもちね。ねえ、くまさん、あたしの　うち、
このあいだの　かぜで、つぶれそうなの。あなた、うちの

はしらを　たてて　ちょうだいな。」

　すると、くまは、ちからづよい　こえで、

「ウーフー。」

「まあ、ありがとう。うちに　きて　くれるの。それなら、あたし、あなたの　ふかふかした　せなかに　のっかって　いくわ。」

　おんなのこを　のせた　くまは、やまを　かけおり、キャベツばたけを　かけて、おんなのこの　うちに　つきました。

「おかあさん、ただいま。やまの　くまさんが、おうちを　なおしに　きて　くれたのよ。」

「おや、まあ、まあ。」
さあ、そこで、おおきな　おおきな　くまは、さっそく
しごとに　かかりました。
おおきな　やねを、
「ウッフー。」
と　もちあげ、
おれた　はしらを
「ウッフー。」と　ひっこぬき、
あたらしい　はしらを　たて、
もう　いちど　おおきな　やねを　かかえて、
「ウッフー。」

と　おくと、さあ、できあがりました。
おんなのこと　おかあさんは、おおよろこびです。
「くまさん、どうも　ありがとう。さあ、あたらしい
おうちで　ごちそうを　たべて　ちょうだい。」
「おいしい　スープよ。パンに　ジャムを　つけて
あげるわ。」
くまは、
「**ウーフー　ウーフー。**」と、ごちそうを　おなかいっぱい
たべました。
「あら、もう　かえるの。じゃ、くまさん、あたしの
ぼうしを　おれいに　あげるわ。」

「じゃあ、わたしは、エプロンを　あげましょうね。」

おおきな　おおきな　くまは、あかい　ぼうしを　かぶって、
くびに　エプロンを　まいて、それは　それは　うれしそうな
こえで　いいました。

「ウーフー。」

「くまさん、また　きてね。」

「くまさん、ありがとう。」

「さよなら。」

「さよなら。」

「ウーフー。」

くまは　うれしそうに　やまへ　かえっていきました。

おかあさんおめでとう

（『くまの子ウーフ』より）

神沢　利子

くまの子のウーフが、おかあさんにたずねました。

「おかあさんも、小さいときはあかちゃんだったの。」

「そうですよ。ポケットにはいるくらいの、あかちゃんだったのよ。」

と、おかあさんがこたえました。

ウーフは、かんしんして、おかあさんを見あげました。

「たくさん食《た》べたから、そんなに大きくなれたのかなあ。」

ウーフのおかあさんは、もしゃもしゃの毛《け》をした、それは大きなくまでした。おかあさんは、わらいました。

「そうね。それから、よく運動《うんどう》したからですよ。さあ、お天気がいいから、ウーフも山であそんでおいで。かえってきたら、ごちそうができてますよ。」

「はあい、いってきます。」

ウーフは、山へでかけました。

たんたん　たんたん　たんじょう日

きょうは　おかあさんの
たんじょう日

ウーフはうたいました。

「きょうは、おかあさんのたんじょう日だから、プレゼントをあげなくちゃ。なにがいいかな。ビー玉、花火、野球《やきゅう》のバットは、どうだろ。」

たちどまって、かんがえました。

「それとも、かぶと虫、へびのぬけがらなら、すてきなの、持《も》ってるけどなあ。」

すると、木の枝《えだ》で、小鳥《ことり》がわらいました。

「おかしなウーちゃんね。それ、みんな、ウーちゃんのすきなものばかりじゃないの。おかあさんのすきなものを、あげなくちゃだめよ。」

「そうか、きみのおかあさんは、なにがすきなの。」

と、ウーフが、たずねました。

「きまってるわ。おいしい毛虫《けむし》よ。それから、木の実《み》もすきよ。」

と、小鳥《ことり》がいいました。

「ぼくのおかあさんも、木の実《み》がすきだよ。それから、はちみつも、かにも。」

ウーフは、さけびました。

「これで、きまったぞ。」

山には、ぶどうがなっていました。

ウーフは、ぶどうをとりました。

「さあ、こんどははちみつだ。ふん、ふん。」

ウーフは、鼻《はな》をならしました。

「あまいにおいがするぞ。この木のうろに、はちみつがあるんだな。おうい、みつばちくん、はちみつをくれないか。」

ウーフは、木の根《ね》もとのあなをのぞきました。するとなかからみつばちがとびだしてきました。みつばちは、ブンブン、ウーフの鼻《はな》をねらって、とびかかります。ウーフは、あわてて手をふりました。

「おい、ぼくの鼻《はな》は、りんごの花じゃないぞ。だいじな、くまの鼻《はな》だぞ。まちがえるなよ。おい、あっち、いけったら。」

けれど、わからずやのみつばちは、ウーフのおでこをさしました。

「いたっ。」

ウーフは、しりもちをつきました。ぶどうが、おしりの下でつぶれました。

ウーフは、とびあがってにげだしました。

にげて、にげて、川の岸《きし》までやってきました。

「ああ、ああ。」

ウーフは、ためいきをつきました。おでこをなでました。

「ぼくにはちみつをくれないで、こぶをくれるなんて、いやなみつばちだね。それに、おやや。」

ぬれたおしりにさわって、いいました。

「しりもちのおかげで、ぶどうがぺっしゃんこ。せっかくのプレゼントが、なくなったよ。どうしようかな。」

ウーフは、川原《かわら》を見ました。かにが、目玉をうごかして、ウーフを見ました。

「かにだ。さあ、つかまえたぞ。」

ウーフは、かにをつかみました。かには、はさみでしっかり、ウーフの指《ゆび》をはさみました。

「あっちっち。いたいよ。」

ウーフは、あわてて、かにをふりおとしました。かには、ガシャガシャ、にげていきました。

「ただいま。」

ウーフは、うちへかえりました。

「あら、おかえりなさい。ウーフ、そのおでこ、どうしたの。」

と、おかあさんがたずねました。

「ぼくね、おかあさんのすきなもの、かんがえたんだ。」

ウーフは、かなしい声《こえ》でいいました。

「でも、ぶどうは、つぶれちゃったし、はちみつもかにもとれなかったんだ。かわりに、花をつんできたんだよ。これ、あげるよ、おかあさん。」

「テーブルにかざる花が、ほしかったのよ。ありがとう、ウーフ。」

と、おかあさんがいいました。

「水でひやすといいわ、そのおでこ。」

「うん。」

ウーフは、下をむきました。

「いいのよ、ウーフ。がっかりしなくても。」

と、おかあさんがいいました。

「おかあさんのだいすきなものは、ちゃんとここにあるのよ。」

おかあさんは、おとうさんを見て、わらいました。

「ほら、おとうさんがいるでしょ。それから、ここよ。はちにさされても、ころんでも元気《げんき》なくまの子のウーフがね。」

「わあ。」

ウーフは、おかあさんにだきつきました。おかあさんは、ウーフをだきあげました。

「おかあさん、おたんじょう日おめでとう。」

と、ウーフがいいました。

「ありがとう、ウーフ。」

と、おかあさんがいいました。

解説《かいせつ》

公園の木蔭からも、学校のブランコからも、そして通り過ぎた自転車からも「どうして？」っていう声が聞こえます。そんなとき「ここにもウーフがいる」って嬉しくなります。

ウーフの本はいくつかの短編からなっています。この作品について先生は「物語づくりのための起承転結ということではなく、詩のような短い形で物の本質に迫るものをと思って書いたのが『くまの子ウーフ』です」と仰っています（先生のエッセイなどから抜粋）。物の本質に迫る方法としてたくさんの「どうして？」が登場します。子どもは意外とよく見たり聞いたり考えたりしているのでたくさんの「どうして？」を持っています。しかしその内容をおとなが慮るのはとても難しいこと。なぜなら子どもが考えていることはおとなが考えつかないような奇想天外な疑問だから。それを見事に著した神沢先生のひとこと。「子どもの心がわかるなんて、大それたことは言わないけれど想像するんですね。自分の中の小さい子どもと会話を重ねながら書いていくんです。それは自分にも子どもの経験があるから」。あぁそうだった、と思いました。私たちも、かつては新鮮な疑問をもつことができた子どもだったんですよね。その鋭い感性を呼び覚ますためにもこの作品はお薦めです。

そしてもう一編の『いちごつみ』にも、人に優しくてなかなか頼りになる熊が登場します。こんなすてきな熊さんなら、ある日、森の中で出会ってみたくなります。〝熊〟と〝いちごつみ〟ということばについて、先生はこんなことを仰っています。「熊っていうとそれだけでうれしくなる。〝なんにもお話がでてこない〟っていう時でも、熊、それからいちごつみ、っていうことばを唱えたり考えたりすると、なにか湧いてくるの」。これは作品についての語りではありませんが、先生のお気に入りが作品になった『いちごつみ』は、幸せなおはなしだなぁと思いました。
余談ですが、年が明けると「いちご狩り」を売りにしたバスツアーなどのチラシが出回ります。その都度私は違和感を覚えます。いちごって狩るものでしょうか？　些細なことですが、ことばを勢いに任せるのではなく、適したことばを正しく使いたいものだと思いました。

最後に、先生の最近の作品『鹿よ　おれの兄弟よ』を紹介したいと思います。これは命について考えさせられる作品です。最近は、ネットやゲームなどの仮想世界がとても身近なものになりました。便利で楽しい反面、生身の人間に接することがないので、命の大切さを実感することが稀薄になっているようにも思います。どんな小さな生きものにも命があって、それはその生きもの自身のためにあるわけです。だから私たちが生きていく上で、その命をいただくときは感謝の気持ちを忘れない。人間同士では、相手の命を認める気持ちを忘れない。そんなことを考える一冊ではないかと思いました。

神沢先生に命に込められた思いについてお伺いしました。
「食卓のサンマの目が怖かった子どものころから、私は食べる、食べられるということに、こだわり続けてきました。今を生きている私の中で、私が食べてしまった数限りないいのちは、生き物の宿命を物語ろうとします。『くまの子ウーフ』や『はらぺこおなべ』や『鹿よ　おれの兄弟よ』のお話を書きながら、私は他者の命をいただいて生きている、時に悲しくつらく苦しく、時に楽しくおいしく、喜びにあふれて生きていることを実感してきたのです」

きつねのおきゃくさま

あまん　きみこ

むかし　むかし　あったとさ。
はらぺこきつねが　あるいていると、やせた　ひよこが
やってきた。
がぶりと　やろうと　おもったが、やせているので
かんがえた。
ふとらせてから　たべようと。

そうとも。よく　ある、よく　ある　ことさ。

「やあ　ひよこ」

「やあ　きつねおにいちゃん」

「おにいちゃん？　やめてくれよ」

きつねは　ぶるると　みぶるいした。

でも　ひよこは、目を　まるくして　いった。

「ねえ、おにいちゃん。どこかに　いい　すみか　ないかなあ。

こまってるんだ」

きつねは　こころの　なかで、にやりと　わらった。

「よし　よし、おれの　うちに　きなよ」

すると　ひよこが　いったとさ。

「きつねおにいちゃんって　やさしいねえ」

「やさしい？　やめてくれったら、そんな　せりふ」
でも　きつねは　うまれてはじめて「やさしい」なんて
いわれたので、すこし　ぼうっと　なった。
ひよこを　つれてかえる　とちゅう
「おっとっと　おちつけ　おちつけ」
きりかぶに　つまづいて、ころびそうに　なったとさ。
きつねは　ひよこに、それは　やさしく　たべさせた。
そして、ひよこが「やさしい　おにいちゃん」と　いうと、
ぼうっと　なった。
ひよこは　まるまる　ふとってきたぜ。
あるひ、ひよこが　さんぽに　いきたいと　いいだした。
——はあん。にげるきかな。

きつねは、そうっと　ついていった。
ひよこが　はるの　うたなんか　うたいながら
あるいていると、やせた　あひるが　やって　きたとさ。
「やあ、ひよこ。どこかに　いい　すみかは　ないかなあ。
こまってるんだ。」
「あるわよ。きつねおにいちゃんちよ。あたしと　いっしょに
いきましょ」
「きつね？　とおんでもない。がぶりと　やられるよ」
と、あひるが　いうと、ひよこは　くびを　ふった。
「ううん。きつねおにいちゃんは、とっても　しんせつなの」
それを　かげで　きいた　きつねは　うっとりした。
そして「しんせつな　きつね」と　いう　ことばを

五かいも　つぶやいたとさ。
さあ、そこで　いそいで　うちに　かえると、まっていた。
きつねは、ひよこと　あひるに、それは　しんせつだった。
そして、ふたりが「しんせつな　おにいちゃん」の
はなしを　しているのを　きくと、ぼうっと　なった。
あひるも　まるまる　ふとってきたぜ。
あるひ、ひよこと　あひるが　さんぽに　いきたいと
いいだした。
——はあん。にげるきかな。
きつねは　そうっと　ついていった。
ひよこと　あひるが　なつの　うたなんか　うたいながら
あるいていると、やせた　うさぎが　やってきたとさ。

「やあ、ひよことあひる。どこかにいいすみかはないかなあ。

こまってるんだ。」

「あるわよ。きつねおにいちゃんちよ。あたしたちといっしょにいきましょ」

「きつねだって？　とおんでもない。がぶりとやられるぜ」

「ううん。きつねおにいちゃんは、かみさまみたいなんだよ」

それをかげできいたきつねはうっとりして、きぜつしそうになったとさ。

そこできつねはひよことあひるとうさぎを、そうとも、かみさまみたいにそだてた。

そして三人が、「かみさまみたいな、おにいちゃん」のはなしをしていると、ぼうっとなった。

うさぎも　まるまる　ふとってきたぜ。

あるひ。

くろくも山の　おおかみが　おりてきたとさ。

「こりゃ　うまそうな　においだねえ。ふん　ふん、ひよこに
あひるに　うさぎだな」

「いや、まだ　いるぞ。きつねが　いるぞ」

きつねの　からだに　ゆうきが　りんりんと　わいた。
おお、たたかったとも、たたかったとも。
じつに　じつに　いさましかったぜ。

そして、おおかみは、とうとう　にげていったとさ。

そのばん。
きつねは、はずかしそうに　わらって　しんだ。

まるまる　ふとった　ひよこと　あひると　うさぎは、
にじの　もりに　ちいさい　おはかを　つくった。
そして、せかいいち　やさしい　しんせつな、
かみさまみたいな　そのうえ　ゆうかんな　きつねのために
なみだを　ながしたとさ。

とっぴんぱらりの　ぷう。

解説《かいせつ》

「むかし、むかし、あったとさ」で始まるこのおはなし。昔話かしら？　と思った方も多いのではないでしょうか。でもこれはあまん先生の創作童話です。それでは、なぜこのような昔話風の書き出しになったのでしょう。実はこれには理由があったのです。

主人公のきつねは、下心たっぷりにひよこやうさぎに取り入ります。いつの世でもうまい話にはご用心。――そうとも。よくある、よくあることさ。――

そのくせこのきつね、悪いことを考えているわりにはお人好し。優しいだの、神様みたいだのと言われると嬉しくてぼうっとなっちゃう。結局最後は信頼に応えたいという良心から、自らの命をなげうってまで弱きものを守ったわけですが、ちょっとそれではきつねがかわいそうなのでは…？と思っていたら、そう思っていたのはあまん先生も同じだったのです。

先生はこの作品を書き終わったあと、しばらく発表できないでいたそうです。それはきつねの最後に、先生自身なにかひっかかるものがあったからだと言います。それを解決してくれたのが、あるときふと出てきた「むかし、むかし、あったとさ」という昔話のはじまりのことばと「とっぴんぱらりのぷう」という結びのことばでした。このことばを使うことで、きつねの死が物語の中のことになり、作品を手放すことができたのだそうです。

「このとき、昔話のことばの力ってすごいと思いました。このことばがあったからこそ、この作品は世に送り出すことができたのです。昔話のことばに助けられた感じがしました」

確かに最後はかわいそうではありますが、きつねが死をもって信頼の重さと尊さを示してくれたからこそ、よりいっそう感動に深みが増したように思います。

それとことばの力という点でもうひとつ感じたことは、人間も動物も木や花までも命あるものは、かけられたことばに応えようとする気持ちが働くのではないかということです。優しいことばをかけられれば優しい気持ちになるし、信頼を寄せられれば、意識しなくても信頼に応えるようになるのではないでしょうか。プラスのことばの力をもっと実生活に活用したいものですね。

あまん先生の作品は教科書に数多く掲載されているので、リクエストもいろいろな作品に寄せられました。その中でもっとも多かったのが『ちいちゃんのかげおくり』（3年生の教科書に掲載）でした。平和の大切さと意義を考えさせられるこの作品にリクエストが多く寄せられたということは、読者の平和への思いの表れでもあります。この本はあかね書房から出版されているので是非読んでいただきたいし、ずっと読み継がれていって欲しいと思いました。

あまんきみこ先生にお伺いしました。みなさんも参考にしてくださいね。

1、こども時代に好きだった本

月刊絵本キンダーブック『ソラノオハナシ』、『風の又三郎』宮澤賢治、『善太と三平』坪田譲治、『次郎物語』下村湖人、『美しい旅』川端康成

2、今までに読んだ中で、一番好きな本

今までに読んだ中で「一番好きな本」を一冊だけは難しくて困ってしまいました。好きはいっぱい。「一番」ばかりです。その少しをあげれば『ムギと王さま』『クマのプーさん』『風の又三郎』『魔法使いのチョコレート・ケーキ』『トムは真夜中の庭で』などなど、もっと続いてしまいます。

きつねの子のひろった定期券《ていきけん》

松谷　みよ子

三びきの子ぎつねが、夜《よる》の道《みち》をあるいていました。うたをうたいながら、あるいていました。

お山のお山の　しろぎつね
お月さまがほしいと　なきました。
一ぴきなけば　みんななく

コーンコーンと　みんななく

すると、道《みち》のまんなかで、ぴかりと光《ひか》ったものがあります。

「あ、なにかおちているぞ。お月さまのかけらかな？」

末《すえ》っ子のコンがさけびました。

「四角《しかく》いわ、かがみじゃないこと？」

そういったのは、ねえさんぎつねでした。

「ちがうよ、おいしいものだ！」

にいちゃんぎつねがとびついて、ひろいあげました。

でもそれは、お月さまのかけらでも、かがみでも、おいしいものでもなくて……セルロイドのいれものにはいった、汽車《きしゃ》の定期券《ていきけん》だったんです。

「こんなたいせつなもの、だれがおとしたんだろ。」

三びきの子ぎつねは、あっちをむいたり、こっちをむいたりして、首《くび》をかしげました。竹やぶのあいだの細《ほそ》い道《みち》です。赤いつばきの花もさいていいます。でも、あたりはしんとして、お月さまだけが、青く光《ひか》っていました。

「これ、もらっておこうよ、定期券《ていきけん》って、すごいおたからなんだぞう。これさえあれば、どこまでだっていけるし、一日に百ぺんだって汽車《きしゃ》にのれるんだ。」

にいちゃんぎつねは、もうぜったいはなさないというように、手をうしろへまわしました。

「まあ、ずるい。みんなでみつけたんですもの、みんなのよ。」

「だからさ、かわりばんこにつかおうよ。ああ、ぼく、なににつかおうかな。」

「あたしはね、あたしはこうするわ。この定期券《ていきけん》で汽車《きしゃ》にのって、東京《とうきょう》へいくの。そしてね、いまいちばんはやっている、洋《よう》服《ふく》のかっこうや、髪《かみ》の形《かたち》をみてくるわ。なにしろ……。」

ねえさんぎつねは、かなしそうにいいました。

「なにしろ、おかあさんたら、すぐにね、ばけるんなら、女の子はふりそできて、なんていうの。てんで流行《りゅうこう》おくれよ。」

「ねえさんて、あいかわらずおしゃれだな。ぼくはちがうな。ぼく、町へいって、コロッケってものをたべるんだ。もうあぶらげなんて、あきあきしちゃった。なにしろ町へいくと、ジュースってコロッケをあげてるんだって。ああ、うまそうだ。考《かん》えただけでも、つばきがでてくるよ。」

にいちゃんぎつねは、舌《した》をぺろんとだして、口のまわりをなめました。まったくくいしんぼうのにいちゃんです。でも、末《すえ》っ子のコンぎつねは、もっともっと、いいことをしたいんです。

「ねえ、にいちゃん、この定期券《ていきけん》があれば、どこまでも汽車《きしゃ》にのっていけるんでしょう。だったらぼく、北極《ほっきょく》へいきたいな。北極《ほっきょく》には、ほっきょくぎつねのおじさんがいるって、もうせん、かあさんがはなしてくれたよ。そのおじさんは、冬《ふゆ》になると、まっ白なしろぎつねになるんだって。そしてね、氷山《ひょうざん》にのって、旅《たび》にでるんだって。いいなあ、ぼく、ぜったい北極《ほっきょく》へいくんだ。」

「だって、おまえ。」

にいちゃんぎつねは、口をとがらせました。

「北極《ほっきょく》まで汽車《きしゃ》がいってるか、わかんないぞ。だいいち、おまえが北極《ほっきょく》までいっちまったすきに、コロッケがうりきれになったらどうするんだい。だめだ、だめだ。おまえは、あとまわしだ。」

その晩《ばん》、三びきの子ぎつねは、みんなちがった夢《ゆめ》をみました。ねえさんぎつねは、すてきな洋服《ようふく》をきて、すましてあるいていました。

にいちゃんぎつねは、おさらを前《まえ》にして、コロッケがくるのを待《ま》っていました。いくら待《ま》っても、いくら待《ま》っても、コロッケはきません。それでも、ジュージュー、コロッケをあげる音がして、いいにおいがしてきますから、にいちゃんぎつねは、おなかにぐっと力をいれて、いっしょうけんめい待《ま》っていました。

コンは、ほっきょくぎつねのおじさんと、青い海《うみ》を、氷山《ひょうざん》にのって、ながれていました。氷山《ひょうざん》も、おじさんの白い毛皮《けがわ》も、きらきら光《ひか》ります。

コンはうれしくなって、うたいました。

氷《こおり》のお山の　しろぎつね
お日さまがほしいと　なきました。
一ぴきなけば　みんななく
コーンコーンと　みんななく

コーンコーン、というじぶんのなき声《ごえ》で、コンはびっくりして、目をさましました。もう朝《あさ》です。夜《よ》あけのうす青いもやが、あたりいちめんにながれています。遠《とお》くで、ポーッと汽車《きしゃ》の汽《き》笛《てき》がなりました。

（そうだ、ぼく、北極《ほっきょく》へいくんだった。そうだ、早く駅《えき》へいってみよう。もしかすると、北極《ほっきょく》行《ゆ》きって汽車《きしゃ》は、でてしまったかもしれないぞ。）

コンは、くるりととんぼがえりをして、人間《にんげん》の男の子にばけると、定期券《ていきけん》をにぎって、かけだしました。やぶの中をどんどんぬけて、きのうのところまできたコンは、びっくりして、ぴたりと立ちどまりました。

まっかなほっぺたをした、かわいい人間《にんげん》のむすめさんが、いまにもなきだしそうになって、いったりきたりしているのです。

「ないわ、ないわ。ああ、どうしよう、あれがないと、工場《こうじょう》へいけないわ……。また買《か》いなおすったって、お金がないわ……。」

むすめさんの大きな目からは、いまにもなみだがぽとんとおちそうでした。コンは、息《いき》をのんで、じっとみていました。むすめさんは、くるりとまわれ右をすると、また地面《じめん》をのぞいてあるきだします。

「ああ、こまったわ。どうしよう……。」

コンは、むちゅうになって、とびだしました。

「おねえさん、おねえさん、これ、おとしたんじゃない？ほら、定期券《ていきけん》。」

「まあ！」

むすめさんの顔《かお》が、みるみるかがやきました。

「ありがと、ほんとにありがと。ぼうやがひろってくれたのね。」

「うん、ぼくね……。ぼく、ほんとは、それで北極《ほっきょく》へいこうと思《おも》っていたんだけど……。いいよ。」

「え、北極《ほっきょく》ですって？」

むすめさんは、大きな声《こえ》でわらいだしました。

おかしくて、おかしくて、なみだをながしてわらうんです。

いまないいたからすのくせに、もうわらってるんですからね。

「なんでおかしいの。北極《ほっきょく》へはいけないの？」

「そうよ、これはね、となりの町までしかいけないのよ。」

「なあんだ。それじゃ、東京《とうきょう》もだめだね。ぼくのねえちゃんは、この定期券《ていきけん》で東京《とうきょう》へいってね、どんな洋服《ようふく》がはやってるか、みてくるっていってたの。じゃあ、にいちゃんだけだ、いけたのは。にいちゃんはね、これで町へコロッケをたべにいくっていってたんだよ。」

「にいちゃんもだめだわ。定期券《ていきけん》ってね、名まえのかいてある人のほかは、つかっちゃいけないのよ。」

「にいちゃんもだめ？　ふべんなんだね、定期券《ていきけん》って。」

コンは、がっかりしました。

「それじゃ、いっぱい定期券《ていきけん》がいるね。北極《ほっきょく》のおじさんのとこへいく定期券《ていきけん》や、コロッケたべにいく定期券《ていきけん》やなんか、いっぱいさ。」

むすめさんは、くっくっとわらいました。

「ねえ、ぼうや、それじゃ、定期券《ていきけん》をひろってくれたおれいにね、きょうの夕がた、にいちゃんにはコロッケ、ねえちゃんには流行《りゅうこう》の洋服《ようふく》がでてる雑誌《ざっし》。それからぼうやには……そうだ、北極《ほっきょく》の写真《しゃしん》かなにかさがして、もってきてあげる。ね、それでがまんしてね。」

「わあい、うれしいなあ、いいよ、ぼく、それでがまんする。」

コンぎつねは、大よろこびではねあがり、もうすこしでしっぽをだすところでした。

解説《かいせつ》

　児童文学には今まで全く縁がなかったという人でも、「松谷みよ子」の名前はどこかで一度くらい耳にしたことがあるのではないでしょうか。それくらい松谷先生は創作活動の幅が広い作家です。その一部を紹介すると、まず赤ちゃん絵本の『いない　いない　ばぁ』。画面いっぱいに描かれた猫が顔を手で覆いながら、「にゃぁにゃが　ほらほら　いない　いない　いない……」で、次のページをめくると、これまた画面いっぱいに描かれた猫が両手を広げて、「ばあ」。単純明快！

　赤ちゃんに愛されつづけて40年。４００万部を超えるベストセラーでありロングセラーです。

『ちいさいモモちゃん』に代表される創作童話も星の数ほど。今回掲載した『ハナイッパイになあれ』も『きつねの子のひろった定期券』も創作童話です。どちらもきつねが出てくるおはなしですが、私にはもうひとつ大好きなきつねの子の作品があります。それは『コッペパンはきつねいろ』というおはなしです。繰り返し何度も読んだ記憶があります。

　それにしてもどうして「きつね」は童話と相性がいいのでしょう。子どもとおはなしするのにちょうどいい大きさだからかしらとか、犬や猫ほど人間社会に近くはないけれど、あまりに遠い存在でもない。適度に人前に現れるその現れ加減（？）が、ファンタジーの世界にはちょうどいいからかしらなどと、自分なりに解釈してみるのですがいかがでしょうか。そういえば『星の王子さま』でも、きつねはなくてはならない存在でした。

　そして平和やいじめなどの社会問題を提起する作品群。これについては偕成社から「新編・絵本平和のために」というシリーズが出ています。これは「声高に戦争反対を叫ぶのではなく、静かに、子どもたちに平和の重さ、いのちの尊さを語り継ぐ絵本です。」としています。その中で先生は『まちんと』『とうろうながし』などを書かれていますが、これらは先生の平和への強い思いが、ひしひしと伝わってくる作品です。偶然ですがこれを書いているのは8月15日です。新聞の投書欄に「戦争を語り継ぐのは義務であり、それを放棄してはならない」とありました。平和を語り継ぐことは命の重さと思いやりの心を伝えることでもあるのです。そして、いじめについて書かれた『わたしのいもうと』。この作品は実話だそうで、冷たい静けさに満ちています。妹を自殺へ追い込んだ「いじめたひとたちは、もうわたしを忘れてしまったでしょうね」ということには、やり場のない怒りが込み上げてきます。自分と少し違うだけで「気に入らない」「許せない」、そんな経験は誰にでもあるはずです。些細な差別はやがて戦争へも発展します。いじめで悩んでいる人は多いと思います。今は辛くても「図太く生き抜くことこそ、相手をくじけさせ勝つことなんだよ」と言いたいです。出口のないトンネルなどないのですから。

それからやはり忘れてはならないのは民話の研究でしょう。図書館にある民話のコーナーに行ってみてください。松谷先生が日本各地で集められ、再話されたたくさんの民話に出合うことができます。前回出版しました3、4年生の作品集には『やまんばのにしき』という秋田県に伝わる民話を掲載させていただきました。1、2年生の作品では先生の『だいくとおにろく』が掲載されています。民話にはお話そのもののおもしろさのほかに、それを再話した人や、方言で書かれた違いを読み比べる楽しさもあります。是非、松谷先生の民話の世界も味わってください。

きつねの窓《まど》

安房　直子

いつでしたか、山で道にまよったときの話です。ぼくは、自分の山小屋にもどるところでした。歩きなれた山道を、鉄砲《てっぽう》をかついで、ぼんやり歩いていました。そう、あのときは、まったくぼんやりしていたのです。むかし、大すきだった女の子のことなんかを、とりとめなく考えながら。

道をひとつまがったとき、ふと、空がとてもまぶしいと思いました。まるで、みがきあげられた青いガラスのように…すると、地面も、なんだか、うっすらと青いのでした。

「あれ？」

一瞬《いっしゅん》、ぼくは、立ちすくみました。まばたきを、ふたつばかりしました。ああ、そこは、いつもの見なれた杉林《すぎばやし》ではなく、ひろびろとした野原なのでした。それも、いちめん、青いききょうの花畑なのでした。

ぼくは、息をのみました。いったい、自分は、どこをどうまちがえて、いきなりこんな場所にでくわしたのでしょう。だいいち、こんな花畑が、この山には、あったのでしょうか。

(すぐ、ひきかえすんだ。)

ぼくは、自分に命令しました。そのけしきは、あんまりうつくしすぎました。なんだか、そらおそろしいほどに。

けれど、そこには、いい風がふいていて、ききょうの花畑は、どこまでもどこまでもつづいていました。このままひきかえすなんて、なんだかもったいなさすぎます。

「ほんのちょっと休んでいこう。」

ぼくは、そこにこしをおろして、あせをふきました。

と、そのとき、ぼくの目のまえを、チラリと、白いものが走ったのです。ぼくは、がばっと立ちあがりました。ききょうの花が、ざざーっと一列にゆれて、その白い生きものは、ボールがころげるように走っていきました。

たしかに、白ぎつねでした。まだ、ほんの子どもの。ぼくは、鉄砲《てっぽう》をかかえると、そのあとを追いました。

ところが、そのはやいことといったら、ぼくが、必死で走っても、追いつけそうにありません。ダンと一発やってしまえば、それでいいのですが、できれば、ぼくは、きつねの巣を見つけたかったのです。そして、そこにいる親ぎつねをしとめたいと思ったのです。けれど、子ぎつねは、ちょっと小高くなったあたりへきて、いきなり、花の中にもぐったと思うと、それっきりすがたを消しました。

ぼくは、ぽかんと立ちすくみました。まるで、昼の月を見うしなったような感じです。うまいぐあいに、はぐらかされたと思いました。

このとき。

うしろで、

「いらっしゃいまし。」

と、へんな声がしました。おどろいてふりむくと、そこには、小さな店があるのでした。入口に、

〝そめもの、ききょう屋〟

と、青い字のかんばんが見えました。そして、そのかんばんの下に、紺《こん》のまえかけをした子どもの店員がひとり、ちょこんと立っていました。ぼくには、すぐわかりました。

(ははあ、さっきの子ぎつねがばけたんだ。)

すると、胸《むね》のおくから、おかしさが、くつくつと、こみあげてきました。ふうん、これはひとつ、だまされたふりをして、きつねをつかまえてやろうと、ぼくは思いました。そこで、せいいっぱい、あいそわらいをして、

「すこし休ませてくれないかね。」

といいました。すると、店員にばけた子ぎつねは、にっこりわらって、

「どうぞ、どうぞ。」

と、ぼくを案内しました。

店の中は、土間になっていて、しらかばでこしらえたいすが、五つもそろっているのです。りっぱなテーブルもあります。

「なかなかいい店じゃないか。」

ぼくは、いすにこしかけて、ぼうしをぬぎました。

「はい、おかげさまで。」

きつねは、お茶をうやうやしくはこんできました。

「そめもの屋だなんて、いったい、なにをそめるんだい。」

ぼくは、半分からかうようにききました。すると、きつねは、いきなりテーブルの上の、ぼくのぼうしをとりあげて、

「はい、なんでもおそめいたします。こんなぼうしも、すてきな青にそまります。」

と、いうのです。

「とーんでもない。」

ぼくは、あわててぼうしをとりかえしました。

「ぼくは、青いぼうしなんか、かぶる気はないんだから。」

「そうですか。それでは。」

と、きつねは、ぼくの身なりを、しげしげと見つめて、こういいました。

「そのマフラーは、いかがでしょう。それとも、くつしたはどうでしょう。ズボンでも、上着でも、セーターでも、すてきな青にそまります。」

ぼくは、いやな顔をしました。こいつ、なんだって、やたらにひとのものをそめたがるんだろうと、はらがたちました。

けれど、それはたぶん、人間も、きつねもおなじことなのでしょう。きつねはきっと、お礼がほしいのでしょう。ようするに、ぼくを、お客としてあつかいたいのでしょう。

ぼくは、ひとりで、うなずきました。それに、お茶までいれてもらって、なにも注文しないのもわるいと思いました。そこで、ハンカチでもそめさせようかと、ポケットに手をつっこんだとき、きつねは、とっぴょうしもなくかんだかい声をあげました。

「そうそう、おゆびをおそめいたしましょう。」

「おゆび？」

ぼくは、むっとしました。

「ゆびなんかそめられてたまるかい。」

ところが、きつねは、にっこりわらって、

「ねえ、お客さま、ゆびをそめるのは、とてもすてきなことなんですよ。」

というと、自分の両手を、ぼくの目のまえにひろげました。

小さい白い両手の、親ゆびと、ひとさしゆびだけが、青くそまっています。きつねは、その両手をよせると、青くそめられた四本のゆびで、ひしがたの窓《まど》をつくってみせました。それから、窓《まど》を、ぼくの目の上にかざして、

「ねえ、ちょっと、のぞいてごらんなさい。」

と、たのしそうにいうのです。

「うう？」

ぼくは、気ののらない声をだしました。

「まあ、ちょっとだけ、のぞいてごらんなさい。」

そこで、ぼくは、しぶしぶ、窓《まど》の中をのぞきました。そして、ぎょうてんしました。

ゆびでこしらえた、小さな窓《まど》の中には、白いきつねのすがたが見えるのでした。それは、みごとな、母ぎつねでした。しっぽを、ゆらりと立てて、じっとすわっています。それはちょうど窓《まど》の中に、一枚《まい》のきつねの絵が、ぴたりとはめこまれたような感じなのです。

「こ、こりゃいったい……。」

ぼくはあんまりびっくりして、もう声もでませんでした。きつねは、ぽつりといいました。

「これ、ぼくのかあさんです。」

「………。」

「ずうっとまえに、だーんとやられたんです。」

「だーんと？　鉄砲《てっぽう》で？」

「そう。鉄砲《てっぽう》で。」

きつねは、ぱらりと両手をおろして、うつむきました。これで、自分の正体がばれてしまったことも気づかずに、話しつづけました。

「それでもぼく、もういちどかあさんにあいたいと思ったんです。死んだかあさんのすがたを、一回でも見たいと思ったんです。これ、人情《にんじょう》っていうものでしょ。」

なんだかかなしい話になってきたと思いながら、ぼくは、うんうんと、うなずきました。

「そしたらね、やっぱりこんな秋の日に、風が、ザザーッてふいて、ききょうの花が声をそろえていったんです。

あなたのゆびをおそめなさい。それで窓《まど》をつくりなさいって。ぼくは、ききょうの花をどっさりつんで、その花のしるで、ぼくのゆびをそめたんです。そうしたら、ほーら、ねっ。」

きつねは、両手をのばして、また、窓《まど》をつくってみせました。

「ぼくはもう、さびしくなくなりました。この窓《まど》から、いつでも、かあさんのすがたを見ることができるんだから。」

ぼくは、すっかり感激《かんげき》して、なんども、うなずきました。じつは、ぼくも、ひとりぽっちだったのです。

「ぼくも、そんな窓《まど》がほしいなあ。」

ぼくは、子どものような声をあげました。すると、きつねは、もううれしくてたまらないという顔をしました。

「そんなら、すぐにおそめいたします。そこに、手をひろげてください。」

テーブルの上に、ぼくは、両手をおきました。きつねは、花のしるのはいったおさらとふでをもってきました。そして、ふでにたっぷりと青い水をふくませると、ゆっくり、ていねいに、ぼくのゆびをそめはじめました。やがて、ぼくの親ゆびとひとさしゆびは、ききょう色になりました。

「さあできあがり。さっそく、窓《まど》をつくってごらんなさい。」

ぼくは、胸《むね》をときめかせて、ひしがたの窓《まど》をつくりました。そして、それを、おそるおそる、目の上にかざしました。

すると、ぼくの小さな窓《まど》の中には、ひとりの少女のすがたがうつりました。花がらのワンピースをきて、リボンのついたぼうしをかぶって。それは、見おぼえのある顔でした。目の下に、ほくろがあります。

「やあ、あの子じゃないか！」

ぼくは、おどりあがりました。むかし、大すきだった、そして、いまはもう、けっしてあうことのできない少女なのでした。

「ね、ゆびをそめるって、いいことでしょ。」

きつねは、とても、むじゃきにわらいました。

「ああ、すてきなことだね。」

ぼくは、お礼をはらおうと思って、ポケットをまさぐりました。が、お金は一銭《せん》もありません。

ぼくは、きつねに、こういいました。

「あいにく、お金が、ぜんぜんないんだ。だけど、しなものなら、なんでもやるよ。ぼうしでも、上着でも、セーターでも、マフラーでも。」

すると、きつねは、こういいました。

「そんなら、鉄砲《てっぽう》をください。」

「鉄砲？　そりゃちょっと……。」

こまるなと、ぼくは思いました。が、たったいま手にいれた、すてきな窓《まど》のことを思ったとき、鉄砲《てっぽう》は、すこしもおしくなくなりました。

「ようし、やろう。」

ぼくは、気まえよく、鉄砲《てっぽう》を、きつねにやりました。

「まいど、ありがとうございます。」

きつねは、ぺこっとおじぎをして、鉄砲《てっぽう》をうけとると、おみやげに、なめこなんかくれました。

「今夜のおつゆにしてください。」

なめこは、ちゃんと、ポリぶくろにいれてありました。

ぼくは、きつねに、帰りの道をききました。すると、なんのことはない、この店のうらがわが、杉林《すぎばやし》だというのです。林の中を二百メートルほど歩いたら、ぼくの小屋にでるのだと、きつねはいいました。ぼくは、彼《かれ》にお礼をいうと、いわれたとおり、店のうら手へまわりました。すると、そこには、見なれた杉林《すぎばやし》がありました。秋の陽《ひ》が、キラキラとこぼれて、林の中は、あたたかく静かでした。

「ふうん。」

ぼくは、とても感心しました。すっかり知りつくしているつもりだったこの山にも、こんなひみつの道があったのでした。そして、あんなすばらしい花畑と、しんせつなきつねの店と……すっかりいい気分になって、ぼくは、ふんふんと鼻歌をうたいました。そして、歩きながら、また両手で窓《まど》をつくりました。

すると、こんどは、窓《まど》の中に、雨がふっています。こまかい、霧雨《きりさめ》が音もなく。そして、そのおくに、ぼんやりと、なつかしい庭が見えてきました。庭に面して、古いえんがわがあります。その下に、子どもの長ぐつが、ほうりだされて、雨にぬれています。

(あれは、ぼくのだ。)

ぼくは、とっさにそう思いました。すると、胸《むね》がドキドキしてきました。ぼくの母が、いまにも、長ぐつをかたづけにでてくるのじゃないかと思ったからです。かっぽう着をきて、白いてぬぐいをかぶって。

「まあ、だめじゃないの、だしっぱなしで。」
そんな声まできこえてきそうです。庭には、母のつくっている小さい菜園があって、青じそがひとかたまり、やっぱり雨にぬれています。ああ、あの葉をつみに、母は、庭にでてこないのでしょうか……。

家の中は、すこうし明るいのです。電気がついているのです。ラジオの音楽にまじって、ふたりの子どものわらい声が、とぎれとぎれにきこえます。あれは、ぼくの声、もうひとつは、死んだ妹の声……。

ふーっと、大きなため息をついて、ぼくは両手をおろしました。なんだか、とてもせつなくなりました。子どものころの、ぼくの家は焼けたのです。あの庭は、いまはもう、ないのです。

それにしても、ぼくは、まったくすてきなゆびをもちました。このゆびは、いつまでもたいせつにしたいと思いながら、ぼくは、林の道を歩いていきました。

ところが、小屋に帰って、ぼくがいちばん先にしたことは、なんだったでしょう。

ああ、ぼくは、まったく無意識《むいしき》に、自分の手をあらってしまったのです。それが、ながいあいだの習慣《しゅうかん》だったものですから。

いけない、と、思ったときは、もうおそすぎました。青い色は、たちまち、おちてしまったのです。あらいおとされたそのゆびで、いくらひしがたの窓《まど》をこしらえても、その中には小屋の天じょうが見えるだけでした。

ぼくはその晩《ばん》、もらったなめこをたべるのもわすれて、がっくりとうなだれていました。

つぎの日、ぼくは、もういちどきつねの家にいって、ゆびをそめなおしてもらうことにしました。そこで、お礼にあげるサンドイッチをどっさりつくって、杉林《すぎばやし》の中へはいっていきました。

けれど、杉林《すぎばやし》は、いけどもいけども杉林《すぎばやし》。ききょうの花畑など、どこにもありはしないのでした。

それからというもの、ぼくは、いく日も山の中をさまよいました。きつねの鳴き声が、ちょっとでもきこえようものなら、そして林の中をカサリとうごく白いかげでもあろうものなら、ぼくは、耳をそばだてて、じっとその方向をさぐりました。が、あれっきり、いちどもぼくは、きつねにあうことはありませんでした。

それでも、ときどき、ぼくは、ゆびで窓《まど》をつくってみるのです。ひょっとして、なにか見えやしないかと思って。きみはへんなくせがあるんだなと、よく人にわらわれます。

解説《かいせつ》

読み終わったあと、しばらくぼうっと夢現《ゆめうつつ》を彷徨《さまよ》ってしまうような錯覚に陥るのは私だけでしょうか？　自分までが今しがた不思議の世界から帰ってきたかのような気持ちになるのです。

安房直子さんの作品の魅力は、いつの間にか読者まで不思議の世界に誘い込んでしまうところです。それくらい現実と幻想の世界の境界線が曖昧で（喩えるなら刻々と変化する夕暮れの空の色がグラデーションになって境界線がない感じ）、自分では気付かないうちに、またちょっと足を踏みはずしたすきに別の世界に迷い込んでいるといった感覚なのです。

だから別の世界といっても、壮大なファンタジーの世界に〝行ってしまう〟のではなく、いつもの路地を曲がる気軽さで〝入り込んでしまう〟のです。たとえば縄跳びを一回くぐったら、そこがもう別世界だったというふうに。

しかしその一方で、その世界は人間の心の内に秘めた思いのように深いこともあります。この作品に出てくるきつねは、人間に対する深い恨みを持っているはずです。しかし、あからさまに復讐するという感じではありません。むしろそうではないからこそ、ひたひたときつねの悔しさと悲しみが読むものに迫ってくるのです。そして一見なんの悲しみもないような「ぼく」の心のうちにも、実は似たような孤独や悲しみがあって、そういうものを誰もが心に秘めて生活しているのだという現実を静かに浮かび上がらせてくれる作品だと思いました。

そのせいか、この作品には切なさと美しさが同居しているような気がします。このことは冒頭に登場する神秘的な青いききょうの花畑に象徴されているようにも思えます。安房直子さんの作品は色と小道具の使い方がとてもうまくて、作品の中で重要な位置を占めています。

この「青の世界」について、安房直子さん自身のエッセイがありますので紹介します。

「新しい作品を書くとき、私はよく、一枚の絵を――完全に視覚化されたものを――思い浮かべます。そしてそのあとから、このイメージを他人の目にもありありと見えるように、ことばを使って、描きあげてみたいという情熱がわいてくるのです。私に『きつねの窓』を書かせたのは、いちめんの青い花畑でした。どこかの高原の吹く風までが青く染まっている場所――そこに広がっている青い空と、青い花畑――」(「安房直子コレクション」より)

このように作家のエッセイから作品の誕生秘話を知ることができるのは嬉しいことです。もうひとつ、この作品が教科書に掲載されたことについてのエッセイもありましたので、掻い摘んで紹介しますと、「読者からの手紙で、教科書は子どもたちに読書のきっかけをつくり、新しい世界を教えてくれる道案内の役割もしているのだと思った」のだそうです。

このほかにも安房直子さんの作品は1、2年生の作品として、『つきよに』『はるかぜのたいこ』『やさしいたんぽぽ』『たぬきのでんわは森のいちばん』という4つの作品が取り上げられています。もちろん、これらの作品がすばらしいことは言うまでもありませんが、『きつねの窓』にはリクエストが多く寄せられたこともあり、今回はこの作品を掲載させていただきました。他にも高学年になると、低学年の作品より一層深みと味わいがましてくる『ひぐれのお客』『青い花』などが掲載されています。

安房直子さんの人気は没後も根強く、平成16年には、偕成社から安房直子コレクション全7巻が出版されました。思う存分安房直子の世界に浸ることができます。もう少し手軽に楽しみたいという方には、『ライラック通りのぼうし屋』『まほうをかけられた舌』などの作品が収録されている岩崎書店のフォア文庫がお薦めです。是非読んでみてください。

やまなし

宮沢　賢治

小さな谷川の底を写した二枚《まい》の青い幻燈《げんとう》です。

一、五月

二疋《ひき》の蟹《かに》の子供《こども》らが青じろい水の底で話ていました。
『クラムボンはわらったよ。』
『クラムボンはかぷかぷわらったよ。』
『クラムボンは跳《はね》てわらったよ。』

『クラムボンはかぷかぷわらったよ。』

上の方や横の方は、青くらく鋼《はがね》のように見えます。そのなめらかな天井《てんじょう》を、つぶつぶ暗い泡《あわ》が流れて行きます。

『クラムボンはわらっていたよ。』

『クラムボンはかぷかぷわらったよ。』

『それならなぜクラムボンはわらったの。』

『知らない。』

つぶつぶ泡《あわ》が流れて行きます。蟹《かに》の子供《こども》らもぽつぽつぽつとつづけて五六粒泡《つぶあわ》を吐《は》きました。それはゆれながら水銀のように光って斜《なな》めに上の方へのぼって行きました。

つうと銀のいろの腹《はら》をひるがえして、一疋《ぴき》の魚が頭の上を過《す》ぎて行きました。

『クラムボンは死んだよ。』

『クラムボンは殺されたよ。』

『クラムボンは死んでしまったよ………。』

『殺されたよ。』

『それならなぜ殺された。』兄さんの蟹《かに》は、その右側の四本の脚《あし》の中の二本を、弟の平べったい頭にのせながら云《い》いました。

『わからない。』

魚がまたツウと戻《もど》って下流の方へ行きました。

『クラムボンはわらったよ。』

『わらった。』

にわかにパッと明るくなり、日光の黄金《きん》は夢《ゆめ》のように水の中に降《ふ》って来ました。

波から来る光の網《あみ》が、底の白い磐《いわ》の上で美しくゆらゆらのびたりちぢんだりしました。泡や小さなごみからはまっすぐな影《かげ》の棒《ぼう》が、斜《なな》めに水の中に並《なら》んで立ちました。

魚がこんどはそこら中の黄金《きん》の光をまるっきりくちゃくちゃにしておまけに自分は鉄いろに変に底びかりして、また上流《かみ》の方へのぼりました。

『お魚はなぜああ行ったり来たりするの。』

弟の蟹《かに》がまぶしそうに眼《め》を動かしながらたずねました。

『何か悪いことをしてるんだよとってるんだよ。』

『とってるの。』

『うん。』

そのお魚がまた上流《かみ》から戻《もど》って来ました。今度はゆっくり落ちついて、ひれも尾《お》も動かさずただ水にだけ流されながらお口を環《わ》のように円くしてやって来ました。その影《かげ》は黒くしずかに底の光の網《あみ》の上をすべりました。

『お魚は……。』

その時です。にわかに天井《てんじょう》に白い泡《あわ》がたって、青びかりのまるでぎらぎらする鉄砲弾《てっぽうだま》のようなものが、いきなり飛込《とびこ》んで来ました。

兄さんの蟹《かに》ははっきりとその青いもののさきがコンパスのように黒く尖《とが》っているのも見ました。と思ううちに、魚の白い腹《はら》がぎらっと光って一ぺんひるがえり、上の方へのぼったようでしたが、それっきりもう青いものも魚のかたちも見えず光の黄金《きん》の網《あみ》はゆらゆらゆれ、泡《あわ》はつぶつぶ流れました。

二疋《ひき》はまるで声も出ずいすくまってしまいました。

お父さんの蟹《かに》が出て来ました。

『どうしたい。ぶるぶるふるえているじゃないか。』

『お父さん、いまおかしなものが来たよ。』

『どんなもんだ。』

『青くてね、光るんだよ。はじがこんなに黒く尖《とが》ってるの。それが来たらお魚が上へのぼって行ったよ。』

『そいつの眼《め》が赤かったかい。』

『わからない。』

『ふうん。しかし、そいつは鳥だよ。かわせみと云《い》うんだ。大丈夫《だいじょうぶ》だ、安心しろ。おれたちはかまわないんだから。』

『お父さん、お魚はどこへ行ったの。』

『魚かい。魚はこわい所へ行った。』

『こわいよ、お父さん。』

『いい、いい、大丈夫《だいじょうぶ》だ。心配するな。そら、樺《かば》の花が流れて来た。ごらん、きれいだろう。』

泡《あわ》と一緒《いっしょ》に、白い樺《かば》の花びらが天井《てんじょう》をたくさんすべって来ました。

『こわいよ、お父さん。』弟の蟹《かに》も云《い》いました。

光の網《あみ》はゆらゆら、のびたりちぢんだり、花びらの影《かげ》はしずかに砂《すな》をすべりました。

二、十二月

蟹《かに》の子供《こども》らはもうよほど大きくなり、底の景色も夏から秋の間にすっかり変りました。

白い柔《やわら》かな円石もころがって来小さな錐《きり》の形の水晶《すいしょう》の粒《つぶ》や、金雲母《きんうんも》のかけらもながれて来てとまりました。

そのつめたい水の底まで、ラムネの瓶《びん》の月光がいっぱいに透《す》きとおり天井《てんじょう》では波が青じろい火を、燃《も》やしたり消したりしているよう、あたりはしんとして、ただいかにも遠くからというように、その波の音がひびいて来るだけです。

蟹《かに》の子供《こども》らは、あんまり月が明るく水がきれいなので睡《ねむ》らないで外に出て、しばらくだまって泡《あわ》をはいて天井《てんじょう》の方を見ていました。

『やっぱり僕《ぼく》の泡《あわ》は大きいね。』

『兄さん、わざと大きく吐《は》いてるんだい。僕《ぼく》だってわざとならもっと大きく吐《は》けるよ。』

『吐《は》いてごらん。おや、たったそれきりだろう。いいかい、兄さんが吐《は》くから見ておいで。そら、ね、大きいだろう。』

『大きかないや、おんなじだい。』

『近くだから自分のが大きく見えるんだよ。そんなら一緒《いっしょ》に吐《は》いてみよう。いいかい、そら。』

『やっぱり僕《ぼく》の方大きいよ。』

『本当かい。じゃ、も一つはくよ。』

『だめだい、そんなにのびあがっては。』

またお父さんの蟹《かに》が出て来ました。

『もうねろねろ。遅《おそ》いぞ。あしたイサドへ連れて行かんぞ。』

『お父さん、僕《ぼく》たちの泡《あわ》どっち大きいの』

『それは兄さんの方だろう』

『そうじゃないよ、僕《ぼく》の方大きいんだよ』弟の蟹《かに》は泣きそうになりました。

そのとき、ドブン。

黒い円い大きなものが、天井《てんじょう》から落ちてずうっとしずんでまた上へのぼって行きました。キラキラッと黄金《きん》のぶちがひかりました。

『かわせみだ』子供《こども》らの蟹《かに》は頸《くび》をすくめて云《い》いました。

お父さんの蟹《かに》は、遠めがねのような両方の眼《め》をあらん限《かぎ》り延《の》ばして、よくよく見てから云《い》いました。

『そうじゃない、あれはやまなしだ、流れて行くぞ、ついて行って見よう、ああいい匂《にお》いだな』

なるほど、そこらの月あかりの水の中は、やまなしのいい匂《にお》いでいっぱいでした。

三疋《びき》はぼかぼか流れて行くやまなしのあとを追いました。

その横あるきと、底の黒い三つの影法師《かげぼうし》が、合せて六つ踊《おど》るようにして、やまなしの円い影《かげ》を追いました。

間もなく水はサラサラ鳴り、天井《てんじょう》の波はいよいよ青い焔《ほのお》をあげ、やまなしは横になって木の枝《えだ》にひっかかってとまり、その上には月光の虹《にじ》がもかもか集まりました。

『どうだ、やっぱりやまなしだよ、よく熟《じゅく》している、いい匂《にお》いだろう。』

『おいしそうだね、お父さん』

『待て待て、もう二日ばかり待つとね、こいつは下へ沈《しず》んで来る、それからひとりでにおいしいお酒ができるから、さあ、もう帰って寝《ね》よう、おいで』

親子の蟹《かに》は三疋《びき》自分等の穴に帰って行きます。

波はいよいよ青じろい焔《ほのお》をゆらゆらとあげました。それはまた金剛石《こんごうせき》の粉をはいているようでした。


私の幻燈《げんとう》はこれでおしまいであります。

（解説は204ページ）

最後の授業《じゅぎょう》(La dernière classe)

アルフォンス・ドーデ 原作
桜田 佐 訳

その朝は、学校へいくのがたいへんおそくなったし、アメル先生から文法の質問《しつもん》をするといわれていたのに、わたしはなにも勉強していなかったので、しかられるのがこわかったのです。それで、学校を休んでどこかへ遊びにいこう、と考えました。

空はよく晴れてあたたかでした。

森のなかでは、つぐみが鳴いていますし、リベールの原っぱからは、木《こ》びき工場のうしろでプロシャの兵隊たちが訓練しているのがきこえます。森へいこうか、原っぱへいこうか、どれも、文法の規則《きそく》よりはわたしの心をひきつけました。けれど、やっとこのゆうわくにうち勝って、いそいで学校へむかってかけだしました。

役場のそばをとおると、金網《かなあみ》を張《は》った小さな掲示板《けいじばん》の前に、おおぜいの人が立ちどまっていました。二年ほどまえから敗戦とか、徴発《ちょうはつ》とか、司令部の命令とかいうようないやなしらせは、みんな、ここに掲示《けいじ》されることになっていました。わたしは歩きながら考えました。

〈こんどは、なんのしらせかしら？〉

そして、小走りにとおりすぎようとすると、そこで、弟子《でし》といっしょに掲示《けいじ》を読んでいたかじ屋のワシュテルさんが、大声でわたしにいいました。

「おい、ぼうや、そんなにいそがなくたっていいさ、どうせ学校にはおくれっこないんだから！」

かじ屋のおじさん、わたしをからかっているんだな、と思ったので、わたしは息をはずませて、学校の門をくぐりました。

いつもなら、授業《じゅぎょう》のはじまりはたいへんなさわぎでした。つくえをばたばたあけたりしめたりする音や、日課を暗記しようと、耳を手でふさいで大声でくりかえしている声やら、「さ、すこし静かに！」と、じょうぎでつくえをたたきながら叫《さけ》ぶ先生の声が往来《おうらい》まできこえていたものでした。

わたしは、みんながこうしてさわいでいれば、だれにも気づかれないで、そっと自分の席につくことができるだろうと思いました。ところがその日は、なにもかもひっそりとして、まるで、日曜の朝のようでした。あいている窓《まど》ごしになかを見ると、クラスの者は、みんな自分の席についていますし、アメル先生が、あのおそろしいじょうぎをかかえて、いったりきたりしていらっしゃいます。戸をあけて、この静まりかえったまったただなかにはいらなければならないことを思うと、なんだかはずかしいような、こわいような気がします。

ところが、大ちがいでした。アメル先生は、おこるどころか、わたしを見ると、やさしい口調《くちょう》で、こういわれました。

「フランツか。早く席につきなさい。もうこないのかと思って、はじめるところだった。」

わたしは、すぐに席につきました。そして、おそろしさがおさまると、わたしは、先生が視学《しがく》官《かん》のくる日とか、卒業式の日でなければ着ない、りっぱなみどり色のフロックコート（上着丈《たけ》の長い、男性用《だんせいよう》の礼服）を着て、こまかくひだをとった、はばの広いネクタイをしめ、ししゅうをした、黒い絹《きぬ》のふちなし帽《ぼう》をかぶっていらっしゃるのに気がつきました。それに、教室全体に、なにかふしぎなおごそかさがみなぎっていました。

いちばんおどろかされたのは、教室のうしろのほうの、いつもはあいている席に、村の人たちが、わたしたちと同じように、だまってこしをおろしていることでした。三角帽《さんかくぼう》をもったオゼールじいさんや、もとの村長さんや、郵便屋《ゆうびんや》さんの顔も見えます。そのほかにも、おおぜいの人がいましたが、みんな悲しそうでした。オゼールじいさんは、表紙のいたんだ古い読本《とくほん》をもってきていて、ひざの上にひろげ、大きなめがねをその上においていました。

わたしがいろいろのことにびっくりしているまに、アメル先生は教壇《きょうだん》にあがって、わたしをむかえたときと同じような、やさしい重みのある声で話されました。

「みなさん、わたしが授業《じゅぎょう》をするのは、これが最後になりました。アルザスとロレーヌの学校では、ドイツ語しか教えてはいけないという命令が、ベルリンからきたのです。新しい先生が、あす、おみえになります。きょうはフランス語の最後の授業《じゅぎょう》です。どうか、よく注意してきいてください。」

わたしはびっくりしました。さっき役場に掲示《けいじ》してあったのは、このことだったのでしょう。

ああ、フランス語の最後の授業《じゅぎょう》！

それなのに、わたしはまだフランス語がやっと書けるくらいです。では、もう、ならうことはできないのでしょうか。フランス語をもっと勉強することは、できなくなったのでしょうか。

ああ、どうしてわたしは、いままで教室で、あんなにぼんやりしていたのだろう。鳥の巣をさがしまわったり、氷すべりをするために学校をずるけたことを、自分ながらうらめしく思いました。さっきまで、あんなにじゃまだった文法の本や聖書《せいしょ》などが、いまでは、わかれたくないむかしなじみの友だちのように思われました。アメル先生にたいしても、同じような気持ちを感じました。先生はどこかへいってしまうのだ、もう会うことはできないのだ、と思うと、先生にしかられたり、じょうぎで打たれたことも、わすれてしまいました。

ああ、おきのどくな先生！

先生は、この最後の授業《じゅぎょう》のために、着かざってこられたのでした。わたしは、なぜ村の老人たちが、教室にきてうしろのほうにすわっているのかが、わかりました。どうやら、この学校にあまりたびたびこなかったことをくやんでいるようです。

村の人たちは、また、先生の四十年ものあいだのご苦労を感謝《かんしゃ》し、かえっていかれる祖国《そこく》にたいして敬意《けいい》をあらわすためにきたのでしょう……。

わたしが、こうしてじいっと考えこんでいるとき、とつぜん、わたしの名まえがよばれました。

わたしの暗唱の番がきたのです。わたしは最初からまごついてしまって、立ったまま悲しい気持ちで、頭もあげられず、もじもじしていました。アメル先生の静かな声が、きこえてきました。

「フランツ、わたしはしかりません。じゅうぶん罰はうけたでしょう。

『いま勉強しなくても、勉強するときはじゅうぶんある。あした勉強しよう』などというのが、わたしたちの口ぐせでしたね。そしてそのため、どうなったかおわかりでしょう。きょうの勉強をあすにのばす、これがアルザスの大きな不幸だったのです。いま、ドイツ人たちに、こういわれてもしかたありません。

『どうしたんだ、おまえたちはフランス人だといいはっていた。それなのに、フランスのことばを話すことも、書くことも、さっぱりできないじゃないか。』

この点で、フランツ、あなたがいちばん悪いというわけではありません。わたしたちみんなが悪かったのです。みんなに責任《せきにん》があるのです。」

アメル先生は、またつづけられました。

「あなたがたのおとうさんやおかあさんがたは、子どもたちが教育をうけることをあまりのぞまなかったのです。すこしでも金になれば、というわけで、畑や工場にいかせたがりました。いえ、こういうわたし自身にも、責任《せきにん》があります。勉強の時間に、あなたがたに花に水をやらせたこともあり、わたしがアユつりにいきたいために、あなたがたに休みをあたえたこともありました。」

それからアメル先生は、フランス語についてつぎからつぎへと話をなさいました。フランス語が世界でいちばん美しい、いちばんはっきりした、いちばん力強いことばであることや、ある民族がどれいとなっても、その国語をもっているうちは、その牢獄《ろうごく》のかぎをにぎっているようなものだから、わたしたちのあいだでフランス語をよく守りとおして、けっしてわすれないようにしなければならないというお話でした。

それから、先生は、文法の本を開いて、きょうのけいこのところをお読みになりました。わたしはあまりよくわかるので、びっくりしました。先生がおっしゃったことは、わたしには、たいへんやさしく思われました。わたしがこれほど注意してきいたことははじめてでしたし、先生がこれほどしんぼう強く説明されたことも、いままでありませんでした。先生は、この土地を去っていくまえに、知っていることをすっかり教えて、いっぺんにわたしたちの頭のなかへつめこもうとしていらっしゃるように思われました。

日課がおわると、お習字のけいこです。この日のために、先生は新しいお手本を用意しておいてくださいました。それには、まるみをおびた、きれいな字で《フランス、アルザス、フランス、アルザス》と書いてありました。そのお手本はまるで、小さな旗がつくえのくぎにかかって、教室じゅうに、ひるがえっているように見えました。わたしたちは、いっしょうけんめいでした。みんな、しいんと静まりかえっています。ただ紙の上をペンの走る音がきこえるばかりです。とちゅうで一度窓《まど》からこがね虫が一ぴきはいってきましたが、そんなものに気をとられる者は、ひとりもいません。村の人といっしょに、おさない子どもまでが、いっしんに紙の上に線を引いていました。まるでその線のひとすじひとすじが、フランスのことばであるかのように、まじめに、心をこめて書いているのです。学校のやねの上では、ハトが静かに鳴いていました。わたしはその声をきいて、〈いまに、ハトまで、ドイツ語で鳴かなければならないのじゃないかしら？〉と思いました。

ときどきページから目をあげて見ますと、アメル先生は教壇《きょうだん》の上に立って、あたりを静かにながめていらっしゃいます。まるで、小さな校舎《こうしゃ》をみんな目のなかにおさめようとしていらっしゃるようです。むりもありません。四十年もの長いあいだ、ここで、すこしもかわらないこの教室で、教えてきたのですもの。ただかわったのは、つくえやこしかけが、使われているあいだに、こすられ、つやが出てきたぐらいなものです。庭のクルミの木は大きくなり、先生の手植えのヒイラギが、いまは窓《まど》の外に美しくしげって、やねまでとどくくらいになっています。こういうすべてのものとわかれるということは、先生にとっては、どんなに悲しいことでしょう！　二階では、先生の妹さんが荷造《にづく》りをしていらっしゃいますが、そのゆききする足音をきいて、先生は、きっと、胸《むね》のつぶれるような思いをされているでしょう。あすは、いよいよ出発です。永遠《えいえん》に、この土地を去らなければならないのです。

それでも先生は勇気をだして、最後まで授業《じゅぎょう》をつづけられました。習字のつぎは、歴史の勉強でした。それから小さな生徒たちは、みんないっしょに読みかたのけいこをはじめました。教室のうしろのほうでは、オゼールじいさんが、めがねをかけ、読本《とくほん》を両手にもって、生徒たちといっしょに文字をひろい読みしていました。いっしょうけんめいなのがわかります。じいさんの声は、感激《かんげき》のあまり、ふるえていました。それをきくと、あまりこっけいでいたましくて、わたしたちはみんな、わらいたくなり、泣きたくもなりました。

ああ、この最後の授業《じゅぎょう》を、わたしは一生わすれることができません……。

とつぜん、教会の時計が十二時を打ちました。つづいてアンジェリュスの鐘《かね》がきこえてきました。それと同時に、訓練からもどるプロシャの兵隊のラッパが窓《まど》の外からひびいてきました。アメル先生は、すっと教壇《きょうだん》に立ちあがられました。顔はまっさおです。先生がこんなに大きく見えたことはありませんでした。

「みなさん」と、先生はいいました。

「みなさん……わたしは……わたしは……」

しかしなにかが先生の息をつまらせて、もうことばをいいつづけることができませんでした。

そこで先生は、黒板のほうをむかれました。チョークを一本手にとると、ありったけの力で、しっかりと、できるだけ大きな字で書かれました。

《フランスばんざい！》

そして、頭を壁《かべ》にあてたまま、じいっとそこに立っていらっしゃいましたが、しばらくしてから、手であいずをなさいました。

「もうおしまいです。さあ、おかえりなさい。」

解説《かいせつ》

この作品は、昭和58年をもって一斉に教科書から消えた作品です。古くは昭和31年に大阪書籍で採用されて以来、光村図書出版、学校図書、日本書籍などの6年生の教科書に採用されていました。教科書から消えた理由については、フランス語を賞讃しすぎているとか、歴史的背景が事実と異なるとか、いろいろな意見があったようです。私もこの時代背景や歴史的事実について調べてみましたが、なかなか複雑で「絶対これが間違いない事実である」ということがはっきりしませんでした。もちろんフィクション（架空の物語）であっても、それが実際の背景（歴史的背景）の上に書かれているものであるならば、このことを無視して読むというのはいけないのかも知れませんが、あくまでもフィクションなのですから、（これはあくまでも私の主観でありますが）歴史的背景の真偽にそれほど神経質にならなくてもいいような気がしました。それよりもこの作品は、戦争が人の命だけではなく、自国の文化や言葉までも奪ってしまうものであることを教えてくれましたし、先生の生徒に対する愛情や、少年の無念さと後悔が子どもにもよくわかるように書かれていて、6年生の最後の授業としては思い出に残る作品ではないだろうかと思いました。

ですからこの作品が教科書から消えた理由としては、改訂ごとにいくつかの作品を入れ替えて新陳代謝を繰り返す教科書作品のさだめとして、次の作品に席を譲ったからだと考えたいと思います。

この作品にも多くのリクエストが寄せられました。印象的な内容はもちろんですが、それと同時に、「最後の」という響きに誰もが感慨を覚えたからではないでしょうか。

子どもの時もおとなになってからも、日常は平凡で毎日同じようなことの繰り返しです。なにごとにも「最後」が訪れるとは意識していませんから、なにげなく漫然と過ごしてしまいます。ところが急な転校や転勤といった事件が起こると、人々は初めてものごとには「最後」があることに気がつくのです。そのときの驚きと悲しみ、そして昨日までだらだらと過ごしてきた自分への後悔。先延ばしにしてきたせいで、形にならなかったもの。友だちと遊びにいく約束だった公園。過ぎた季節のこの街の風景。卒業は前々からわかっている「最後」でしたが、それでも私はぼんやりと過ごしていたので、小学校から大学までの卒業間際にはいつも後悔でいっぱいになりました。たぶん誰にでもあるであろう「最後」に対する後悔が、この作品を読むとひたひたと胸に迫ってくるのです。きっとリクエストをくださった方も、同じようなところに心を動かされたのではないでしょうか。

私はこの作品を読んで以来、ずっと物語の舞台（フランスのアルザス地方）に行ってみたいと思っていました。15年前に訪れたときのことです。飛行機が遅れたせいでアルザス地方の中心地ストラスブールには夜遅い時間につきました。予約していた小さなホテルの部屋は既にキャンセルになっていました。途方にくれた顔をしていたのでしょう。「特別室なら空いている」といわれました。予約していた部屋の2・5倍の料金です。そこで差額の折半を提案し交渉成立。鍵を受け取りました。別の場所にあるというので行ってみると、ホテルというより洒落たアパートです。少々不安になりながらも狭い階段を最上階まであがってみると、そこには豪華な部屋が！　近くのアパートのペントハウスを特別室にしていたのですね。天蓋つきのベッドルームのカーテンを開けると、真正面がこの街のランドマークである大聖堂でした。そして、その高い塔のてっぺんには満月が煌々と輝いていたのです。私はこの時の感動を生涯忘れることはないでしょう。

譲《ゆず》り葉《は》

河井　酔茗

子供《こども》たちよ。
これは譲《ゆず》り葉《は》の木です。
この譲《ゆず》り葉《は》は
新しい葉が出来ると
入り代つてふるい葉が落ちてしまふのです。

こんなに厚《あつ》い葉
こんなに大きい葉でも
新しい葉が出来ると無造作《むぞうさ》に落ちる
新しい葉にいのちを譲《ゆず》って――。

子供《こども》たちよ。
お前たちは何を欲《ほ》しがらないでも
凡《すべ》てのものがお前たちに譲《ゆず》られるのです。
太陽の廻《めぐ》るかぎり
譲《ゆず》られるものは絶《た》えません。

輝《かがや》ける大都会も
そつくりお前たちが譲《ゆず》り受けるのです。
読みきれないほどの書物も
みんなお前たちの手に受取るのです。
幸福なる子供《こども》たちよ
お前たちの手はまだ小さいけれど――。

世のお父さん、お母さんたちは
何一つ持つてゆかない。
みんなお前たちに譲《ゆず》つてゆくために
いのちあるもの、よいもの、美しいものを、一生懸命《いつしようけんめい》に造つてゐ《い》ます。

今、お前たちは気が付かないけれど
ひとりでにいのちは延《の》びる。
鳥のやうにうたひ、花のやうに笑つてゐ《い》る間に
気が付いてきます。

そしたら子供《こども》たちよ。
もう一度譲《ゆず》り葉《は》の木の下に立つて
譲《ゆず》り葉《は》を見る時が来るでせう。

解説《かいせつ》

教科書にはたくさんのすばらしい詩が掲載されています。小学生にとっては、教科書が詩との出合いのいいきっかけになる場合が多いのではないでしょうか。

その中でも昭和46年から平成13年まで掲載されていた『譲り葉』は、地球がある限り脈々と受け継がれる命の讃歌として、譲り受ける側にとっても、譲り渡していく側にとっても大変感動的な詩です。

譲り渡していく側になった一人としてこの詩を読み返したとき、このようなことを堂々といえるおとなになっていない自分にあせりを感じます。この詩には、胸を張って自分の人生を生き、それを若い世代に渡していく、おとなとしての誇りや自信が満ち溢れているからです。誰も自分の人生の最後はわからないわけですから、私も今自分が人生のどの辺りにいるのかわかりませんが、せめてなにかひとつくらい、この先次の世代に役に立てることができたらいいなと思っています。そして今の時点でほんのひとこと私が子どもたちに言えることは、思いっきりこども時代を満喫して楽しんで欲しいということです。なぁんだ、といわれそうですが、おとなになるのは意外と早い。つまり振り返ると子ども時代はとても短いのです。でもその短い子ども時代に感動したこと、体験したこと、遊んだこと（ゲームも悪くないけれど、できれば自然の中で、そして大勢の人たちと）、勉強したことが、おとなになってから、疲れたときや落ち込んだときに自分の元気になってくれるような気がするのです。そして子どもの時の元気を自分の中から引き出す一つの方法として、子どものときに読んだ本がとてもいいと思ったので、このような子どもとおとなが一緒になって読める本をつくったのです。

もうひとつ、大先輩から子どもたちへのメッセージを紹介しましょう。

それは司馬遼太郎さんからのもので、平成元年に大阪書籍の6年生下巻の最後に『二十一世紀に生きる君たちへ』というタイトルで書いたものです。司馬さん自身、今まで書いたものの中で、一番苦労したといっているエッセイです（これは『くじらぐも』の中川李枝子先生と同じですね）。そこには、これから成長していく子どもたちへの熱いメッセージが込められていて、おとなが読んでも心に響きます。掲載の許可をいただきましたので、一部を抜粋しながら紹介します。

「私が持っていなくて、君たちだけが持っている大きなものがある。未来というものである……私に言えることがある。それは、歴史から学んだ人間の生き方の基本的なことどもである。」

として、二つのことを軸として話をしています。ひとつは、

「人間は、自分で生きているのではなく、大きな存在によって生かされている。……この自然へのすなおな態度こそ、二十一世紀への希望であり、君たちへの期待でもある。」

もうひとつは、子どもたち自身のことについてのメッセージです。

「君たちは、自己を確立せねばならない。――自分にきびしく、相手にはやさしく、という自己を。そして、すなおでかしこい自己を。……自己といっても、自己中心におちいってはならない。人間は、助け合って生きているのである。……助け合うという気持ちや行動のもとは、いたわりという感情である。他人の痛みを感じることと言ってもいい。やさしさと言いかえてもいい。」

そしてこれらを人間が生きていく上で、欠かすことができない心構えであると結んでいます。

時代を見つめ生き抜いてきた大先輩からのメッセージが、多くの人の心に届きますようにと願ってこの詩を掲載しました。

雨ニモマケズ（手帳より・十一月三日）

宮沢　賢治

雨ニモマケズ
風ニモマケズ
雪ニモ夏ノ暑サニモマケヌ
丈夫《ジョウブ》ナカラダヲモチ
慾《ヨク》ハナク

決シテ瞋《オゴ》ラズ
イツモシヅカニワラッテヰ《イ》ル
一日ニ玄米《ゲンマイ》四合ト
味噌《ミソ》ト少シノ野菜ヲタベ
アラユルコトヲ
ジブンヲカンジャウニ入レズニ
ヨクミキキシワカリ
ソシテワスレズ
野原ノ松ノ林ノ蔭《カゲ》ノ
小サナ萱《カヤ》ブキノ小屋ニヰ《イ》テ
東ニ病気ノコドモアレバ

行ッテ看病《カンビョウ》シテヤリ
西ニツカレタ母アレバ
行ッテソノ稲《イネ》ノ束《タバ》ヲ負ヒ
南ニ死ニサウナ人アレバ
行ッテコハガラナクテモイイトイヒ
北ニケンクヮヤソシャウガアレバ
ツマラナイカラヤメロトイヒ
ヒデリノトキハナミダヲナガシ
サムサノナツハオロオロアルキ
ミンナニデクノボートヨバレ
ホメラレモセズ

クニモサレズ
サウイフモノニ
ワタシハナリタイ

解説《かいせつ》

宮澤賢治がどのような思いで童話を書き、童話で何を伝えたかったのかは、彼が生前出版した童話集『注文の多い料理店』の序文に示されています。その一部を紹介しましょう。

わたしたちは、氷砂糖をほしいくらいもたないでも、きれいにすきとおった風をたべ、桃色のうつくしい朝の日光をのむことができます。……わたくしのおはなしは、みんな林や野原や鉄道線路やらで、虹や月あかりからもらってきたのです。……わたくしは、これらのちいさなものがたりの幾きれかが、おしまい、あなたのすきとおったほんとうのたべものになることを、どんなにねがうかわかりません。

これから受け取れるのは、賢治の童話は自然との関係なしには語れないということです。そして最後の「すきとおったほんとうのたべもの」というのは、「心の糧」――つまり弱いものをいたわり、正しく考えることのできる豊かな心のことをさしているのでしょう。

『やまなし』は静かで神秘的な水の底の世界です。その「静」の世界に、自然界の厳しさを見せつける「動」の事件と、自然界がもたらす恵の「動」の事件が起こります。二つの対照的なできごとがこの物語の軸になっていると考えられますが、しかしこれらのできごとよりも、明らかにされることのない〝クラムボン〟の正体や、「かぷかぷわらう」といった個性的な表現の方が、鮮明に印象に残るのではないでしょうか。

実際この作品にはたくさんのリクエストが届きましたが、きちんと『やまなし』と書かれているものは少なくて、「かぷかぷわらった」というのが忘れられないとか、〝クラムボン〟という、なんだかわからないものの名前が入っているおはなし、といったものが多かったです。

宮沢賢治の作品は抽象的なことがらや表現も多く出てくるせいか、低学年では掲載されておらず高学年になって登場します。『やまなし』も6年生の下巻に掲載されていますが、それでも小学生がこの作品を十分に理解するのは少々難しいかも知れませんね。それにもかかわらずリクエストが多かったのは、作品の存在そのものの印象が強かったからではないでしょうか。賢治の作品はこのほかにも、『注文の多い料理店』や『虔十公園林』などが高学年に掲載されています。

その他、賢治の作品でリクエストが多かったのは『永訣の朝』でした。しかしこれは小学生の教材ではなく、高等学校の教科書に掲載されている作品です。詩の内容も大変感動的なものですが、全体を通しての口調のよさも忘れられない要素になっていると思います。

けふのうちに
とほくへ　いってしまふ　わたくしの　いもうとよ
みぞれがふって　おもては　へんに　あかるいのだ
（あめゆじゅ　とてちて　けんじゃ）
うすあかく　いっさう　陰惨《いんざん》な　雲から
みぞれは　びちょびちょ　ふってくる
（あめゆじゅ　とてちて　けんじゃ）

賢治の詩や文章がとてもリズミカルなのは、法華経をいつも唱えていた影響だという説もあります。「あめゆじゅ　とてちて　けんじゃ」というフレーズは、一度聞いたら耳に残りますし、どこかお経に通じる調子のよさも感じさせます。賢治は作曲もしましたから、リズムのよさが、いかに人を心地よくさせるかを知っていたのかもしれませんね。そのせいか、賢治の作品は音読するといっそう輝きを増すような気がします。たとえば『風の又三郎』の有名な書き出しなど、声に出して読んでいるうちに、自分までなんだか飛んでいけそうな気分になってきます。

そしてこの作品集の最後は『雨ニモマケズ』で締めたいと思います。

実は『雨ニモマケズ』は小学生の教科書には出てきません。（6年生の教科書にこれを紹介する説明文が掲載されているものもありますが、詩そのものは高等学校の教科書に掲載されています。）それでもこの詩を掲載したのは、それぞれの場所や立場で一所懸命頑張っている人たちへエールを届けたかったからです。つまり最後は編者からのリクエストでした。（すいません！）でもこの詩を素直に受け取ることは、突っ張って生きている青春時代の人には難しいかもしれませんね。なぜなら、理想ばかりを並べた「きれいごと」に思えてくるかもしれないからです。でもいつか社会に出て、悩んだり落ち込んだり自分がわからなくなったりしたときに、こうありたいという人間の理想の姿、強さや優しさを思い出すことは、自分をリセットするときのヒントになるのではないかと思いました。そして子どもたちには素直にこの詩を受け取って、このような人になって欲しいと思っています。

賢治が好きな言葉に「すきとおる」もしくは「透明」があります。真実や大切なものを表すのに、賢治はこの言葉を使うのです。「透明な」という言葉が入った詩の最後の部分を紹介して、この作品集をおわりにしたいと思います。

あすこの田はねえ（春と修羅Ⅲ　作品第１０８２番）

これからの本統の勉強はねえ／テニスをしながら商売の先生から／義理で教はることでないんだ／きみのやうにさ／吹雪やわづかの仕事のひまで／泣きながら／からだに刻んで行く勉強が／まもなくぐんぐん強い芽を噴いて／どこまでのびるかわからない／それがこれからのあたらしい学問のはじまりなんだ

では さようなら

……雲からも風からも
透明な力が
そのこどもに
うつれ……

【出典一覧】

まず謝辞から述べさせてください。

この本は、著者の先生方並びに著作権者の方々、そして出典元である各出版社からの二次使用の許可がおりなければできなかった本です。

今回貴重な作品、また代表作であるにもかかわらず、名もない小さな弊社のために、掲載を快く許可してくださいました著者の先生方並びに著作権者の方々、そして各出版社に心からの感謝と御礼を申し上げます。本当にありがとうございました。

■**くじらぐも** 中川李枝子 こくご1年下巻『ともだち』より 光村図書出版 2002年

■**チック タック** 千葉省三 千葉省三全集第4巻より 岩崎書店 1981年

■**小さい白いにわとり**（ウクライナの民話） 光村図書出版編集部編 光村ライブラリー第3巻より 光村図書出版 2002年

■**おおきなかぶ** 内田莉莎子訳 A・トルストイ再話 福音館書店 1962年

■**かさこじぞう** 岩崎京子 ポプラ社 1967年

■**ハナイッパイになあれ** 松谷みよ子 松谷みよ子全集第10巻より 講談社 1972年

■**おてがみ** 三木卓訳 アーノルド・ローベル原作 『ふたりはともだち』より 文化出版局 1972年

■**スイミー** 谷川俊太郎訳 レオ＝レオニ原作 好学社 1969年

■**馬頭琴** 君島久子訳 『中国のむかし話』（偕成社文庫）より 偕成社 1985年

■**おじさんのかさ**　佐野洋子　講談社　1992年
■**花とうぐいす**　浜田廣介　浜田廣介全集第5巻より　集英社　1976年
■**いちごつみ**　神沢利子　童心社　1980年
■**おかあさんおめでとう**　神沢利子　続『くまの子ウーフ』より　ポプラ社　1984年
■**きつねのおきゃくさま**　あまんきみこ　サンリード　1984年
■**きつねの子のひろった定期券**　松谷みよ子　松谷みよ子全集第4巻より　講談社　1972年
■**きつねの窓**　安房直子　『風と木の詩』より　偕成社　2006年
■**やまなし**　宮澤賢治　ちくま日本文学全集より　筑摩書房　1991年
（校本宮澤賢治全集　筑摩書房　1974年参照）
■**最後の授業**　桜田佐訳　アルフォンス・ドーデ原作　『最後の授業』（偕成社文庫）より
偕成社　1993年
■**譲り葉**　河井酔茗　近代詩集『日本の詩歌26』より　中央公論新社　1970年
■**雨ニモマケズ**　宮澤賢治　宮澤賢治名作集より　笠間書院　1986年
（校本宮澤賢治全集　筑摩書房　1974年参照）

採用頻度の高かった作品（1）

上段の年号は改訂の年です。

順位	総合得点	タイトル	作者	出版社	昭40	43	46	49	52	55	58	61	平1	4	8	12	14
1	53	おおきなかぶ（大きなかぶ）（大きなかぶら）〔ロシアの民話〕	内田莉莎子訳 西郷竹彦訳 福井けんすけ訳 他	日書						1	1	1	1	1	1	1	1
				東書		1				1	1	1	1	1	1	1	1
				大書									1	1	1	1	1
				学図					1	1	1	1	1	1	1	1	1
				教出		1	1	1	1	1	1	1	1	1	1	1	1
				光村					1	1	1	1	1	1	1	1	1
				大日		1											
2	48	かさこじぞう〔日本の民話〕	岩崎京子 他	日書								2	2	2	2	2	2
				東書					2	2	2	2	2	2	2	2	2
				大書									2	2	2	2	2
				学図	2	2	2	2	2	2	2	2	2	2	2	2	2
				教出					2	2	2	2	2	2	2	2	2
				光村					2	2	2	2	2				
				大日	2												
3	24	花いっぱいになあれ	松谷みよ子	東書			2	2	1	1	1	1	1	1	1	1	
				大書									1	1			
				学図										1			
				教出			1	1	1	1	1	1	1				
				光村						1	1	1	1				

※出版社表記
日書：日本書籍　東書：東京書籍　大書：大阪書籍　学図：学校図書　教出：教育出版
光村：光村図書　大日：大日本図書　信教：信濃教育

採用頻度の高かった作品（2）

順位	総合得点	タイトル	作者	出版社	昭40	43	46	49	52	55	58	61	平1	4	8	12	14
4	22	おてがみ (うれしいおてがみ)	三木卓訳 (アーノルド=ローベル原作)	大書												2	2
				教出						1	1	1	1	1	1	1	1
				日書										2	2	2	2
				光村						2	2	2	2	2	2	2	2
5	18	おむすびころりん 〔日本の民話〕		日書										1	1	1	
				東書			1	1	1								
				大書	2	2											
				教出						1	1						
				光村						1	1	1	1	1	1	1	1
6	16	ろくべえ まってろよ	灰谷健次郎	日書						2	2	2	2	2	2	2	
				大書									2				
				学図						2	2	2	2	2			
				教出							2	2	2				
7	14	いっすんぼうし 〔日本の民話〕		東書	1	1	1										
				大書	1	1											
				学図	1	1	1	1									
				教出			1										
				光村	1	1											
				大日	1												
				信教	1												

※数字表記　1：1学年 こ掲載　2：2学年に掲載

採用頻度の高かった作品（3）

順位	総合得点	タイトル	作者	出版社	昭40	43	46	49	52	55	58	61	平1	4	8	12	14
8	13	スーホーの白い馬〔モンゴル民話〕（昭和40、43, 46　白い馬）	大塚勇三再話	光村	2	2	2	2	2	2	2	2	2	2	2	2	2
	13	きかん車やえもん	阿川弘之	学図			2	2	2	2	2	2	2	2	2		
				光村	2	2	2	2									
10	12	赤いろうそく	新美南吉	学図		2	2	2									
				教出	2	2	2	2	2	2	2						
				光村	2	2											
11	11	いちごつみ	神沢利子	東書	2	2	2	2	2	2	2	2	2	2	2		
	11	くじらぐも	中川李枝子	光村			1	1	1	1	1	1	1	1	1	1	1
	11	ふしぎなたけのこ	松野正子	学図			1	1	1	1	1	1	1	1	1	1	1
	11	かもとりごんべえ〔日本の民話〕	岩崎京子 坪田穣治 谷真介 他	日書	2	2											
				東書						1	1			1	1		
				教出	2	2	2	2									
				大日	2												
15	10	ひしゃくぼし（おおくまぼし、七つのほし）〔ロシアの民話〕	トルストイ再話 他	東書		2											
				大書	2	2											
				教出	2	2	2	2	2								
				大日	2												
				信教	2												
	10	アレクサンダと　ぜんまいねずみ	谷川俊太郎訳（レオ=レオニ作）	大書									2	2			
				教出						2	2	2	2	2	2	2	2

採用頻度の高かった作品（４）

順位	総合得点	タイトル	作者	出版社	昭40	43	46	49	52	55	58	61	平1	4	8	12	14
17	9	スイミー	谷川俊太郎訳 （レオ=レオニ作）	光村					2	2	2	2	2	2	2	2	2
	9	ウーフはおしっこで できているか 『くまの子ウーフ』より	神沢利子	日書								2	2	2	2	2	
				光村					2	2	2					2	
	9	海のがくたい	大塚勇三	東書		2	2	2									
				学図			2	2	2			2	2	2			
	9	たぬきの糸車	きし　なみ	光村					1	1	1	1	1	1	1	1	1
	9	名前を見てちょうだい	あまんきみこ	東書					2	2	2	2	2	2	2	2	2
22	8	かぐやひめ （竹とりものがたり） 〔日本の民話〕		大書	2	2											
				学図	2	2	2	2									
				大日	2												
				信教	2												
	8	ちくたくてくはみつごのぶた	与田準一	日書						1	1	1	1	1	1	1	1
	8	てんぐとおひゃくしょう	宇野浩二	教出	1	1	1	1	1	1	1	1					
	8	はなのみち	おか　のぶこ	光村						1	1	1	1	1	1	1	1
	8	はやとり 〔播磨の風土記〕		東書			2	2									
				教出	2	2	2	2									
				光村	2	2											
	8	ピーターのいす	木島始訳 (E.J.キーツ原作)	日書						1	1	1	1	1	1	1	1
28	7	おじさんのかさ	佐野洋子	教出						1	1	1	1	1	1	1	
	7	チックとタック	千葉省三	光村	1	1	1	1	1	1	1						

掲載作品とこの本に登場した著者の作品（1）

総合得点	タイトル	作者	出版社	昭40	43	46	49	52	55	58	61	平1	4	8	12	14
5	きつねのおきゃくさま	あまんきみこ	教出									2	2	2	2	2
5	しずかなお話	内田莉莎子訳 (マルシャーク原作)	日書			2	2	2	2	2						
5	ぴかぴかのウーフ 『くまの子ウーフ』より	神沢利子	大書									1	1	1	1	1
4	小さい白いにわとり 〔ウクライナの民話〕	光村図書出版 編集部編	光村	1	1	1	1									
4	ちちとぴぴのりょこう	神沢利子	教出	1	1	1	1									
4	つきよに	安房直子	学図									1	1	1	1	
4	花とうぐいす （子どもうぐいす）	浜田広介	大書	2	2											
			光村	1	1											
4	はるのくまたち	神沢利子	教出							2	2	2	2			
4	ぼくのだ！わたしのよ！	谷川俊太郎訳 (レオ=レオニ作)	学図										2	2	2	2
3	あかりの花 〔中国の民話〕	君島久子訳	日書			2	2	2								
3	くま一ぴき分はねずみ百ぴき分か 『くまの子ウーフ』より	神沢利子	学図											2	2	2
3	すずおばあさんの ハーモニカ	あまんきみこ	日書										2	2	2	
3	そらいろのたね	中川李枝子	東書		2	2										
			光村						2							
2	青いかきのみ	あまんきみこ	大書											1	1	
2	あるいていこう	浜田広介	日書						1	1						
2	うさぎが空をなめました	あまんきみこ	学図											1	1	
2	えいっ	三木卓	光村										2	2		

掲載作品とこの本に登場した著者の作品（2）

総合得点	タイトル	作者	出版社	昭40	43	46	49	52	55	58	61	平1	4	8	12	14
2	おかあさんおめでとう 『くまの子ウーフ』より	神沢利子	光村								2	2				
2	おちば	三木卓訳（アーノルド=ローベル原作）	東書								2	2				
2	かみなりさまの手つだい	岩崎京子	東書								1	1				
2	きつねの子のひろった ていきけん	松谷みよ子	光村				2	2								
2	そこのかどまで	三木卓訳（アーノルド=ローベル原作）	大書									2	2			
2	だいくとおにろく	松谷みよ子	日書			1	1									
2	ねえさんぼし	浜田広介	大書	1	1											
2	はるかぜのたいこ	安房直子	東書								1	1				
2	早くめをだせ	三木卓訳（アーノルド=ローベル原作）	日書								2	2				
2	りすのわすれもの	松谷みよ子	教出										1	1		
1	おかの上のきりん	浜田広介	教出					2								
1	ぐりとぐらのおきゃくさま	中川李枝子	日書					1								
1	三まいのおふだ	松谷みよ子	光村													2
1	たぬきのでんわは 森の一ばん	安房直子	東書					1								
1	ちょうちょだけに、なぜなくの 『くまの子ウーフ』より	神沢利子	教出													2
1	にじはとおい	浜田広介	学図								1					
1	ひつじ雲のむこうに	あまんきみこ	学図													2
1	モモちゃんが生まれたとき 『小さいモモちゃん』より	松谷みよ子	日書					1								
1	やさいいたんぽぽ	安房直子	東書										2			

＊一、二年生の教科書に掲載された童話作品の全タイトルです（あいうえお順）。

◆青いかきのみ◆赤いスポーツカー◆赤いふうせん◆赤いろうそく◆あかりの花◆あしたは天気だ◆あなにおちたぞう◆あの子はだあれ◆あめあがり◆雨くん◆雨つぶ◆雨の日のおさんぽ◆ありとはと◆ありのおんがえし◆あるいていこう◆アレクサンダとぜんまいねずみ◆あわてもの◆アンデーとライオン◆アンデルスのぼうし◆いいものもらった◆いさましいきりんのわかもの◆いたちどんねずみどん◆いちごつみ◆いちろうかかし◆いっすんぼうし◆五つの花の駅◆一ぴきたりない◆一ぴきのかえる◆犬とにわとり◆いばりんぼのくせに◆ウーフはおしっこでできてるか◆うさぎが空をなめました◆うさぎとながぐつ◆うしろのまきちゃん◆うそつきのきつね◆海のがくたい◆うみのむこうは◆うみへのながいたび◆海をあげるよ◆うめの花とてんとう虫◆うらしまたろう◆えいっ◆えんそく◆えんぴつびな◆おいしいおにぎりを食べるには◆王さまでかけましょう◆王さまとチーズとねずみたち◆王さまはとびはねるのがすき◆おうむのるすばん◆大きい一年生と小さな二年生◆大きな大きなぞう◆おおきなかぶ◆おおきなにんじん◆おかあさんおめでとう◆おかあさんのこえ◆おかあさんのて◆おかの上のきりん◆おじさんのかさ◆おじいさんの小さなにわ◆おしゃべりつばめ◆お日さまのひかり◆おちば◆おつきさま◆お月さまとかえる◆おつきさまとさる◆お月さまのこども◆おてがみ◆おにども山からもうでるな◆おねがいおねがい大きな木◆お日さまがいちばん◆お日さまと北風◆おひゃくしょうさんとあくま◆おむすびころりん◆かえるのあおちゃん◆かえるのかくれんぼ◆かえるのかけっこ◆かえるのけんぶつ◆かぐやひめ◆かくれみの◆かくれんぼ◆かさこじぞう◆かた足だちょうのエルフ◆花だんのあるうち◆かっぱ◆かにむかし◆かみなりさまの手つだい◆かもとりごんべえ◆からすのいえ◆ガラスの中のお月さま◆かわいそうなぞう◆川の中のうんどうかい◆きかん車やえもん◆きつねとつる◆きつねのおきゃくさま◆きつねの子のひろったていきけん◆きりかぶの赤ちゃん◆金色のつののしか◆きんたろう◆金のさかな◆草色のマフラー◆くじらぐも◆くじらのズボン◆くま一ぴき分はねずみ百ぴき分か◆ぐりとぐらのおきゃくさま◆クロはぼくの犬◆けいたくんのたこ◆けむりのきしゃ◆けんかした山◆げんごろうぶな◆げんちゃんとどんぐり◆こいのぼり◆子じかのぴんちゃん◆コスモス◆コスモスさんからお電話です◆子だぬきとやっこだこ◆こだまになった手紙◆ことりと木のは◆小鳥と三平◆小鳥になった木のは◆子ねこのさんぽ◆小人といもむし◆こびとのくつや◆こぶたのすもう◆こぶとり◆小道◆ごめんねムン◆子リス◆こりすとふうせん◆ゴリラとたいほう◆コンクリートのくつあと◆ザーザー◆サラダでげんき◆さるのさんぱつ◆さる

の手ぶくろ◆三羽のめじるし◆三びきのくま◆三びきのふな◆三びきのライオンの子◆三まいのおふだ◆ジオジオのかんむり◆しずかなお話◆じゃがいもとねずみ◆ジョージのペンキぬり◆しょうぼう自どう車ジプタ◆スイミー◆ずうっと、ずっと、大すきだよ◆スーホの白い馬◆すずおばあさんのハーモニカ◆すずめのてがみ◆スズヤさんのすず◆スプーンおばさん◆せかい一大きなケーキ◆ぞうとくじら◆そこのかどまで◆そしてトンキーもしんだ◆そらいろのたね◆空をとぶゆめ◆だいくとおにろく◆だいじなかみ◆タオルがこおったばんに◆たぬきの糸車◆たぬきのじてんしゃ◆たぬきのでんわは森の一ばん◆だれにあえるかな◆小さい白いにわとり◆小さいねずみ◆小さな青いきかん車と牛◆小さなかみさま◆小さな白うさぎとうるしの木◆小さなねこ◆小さな白うさぎの家づくり◆小さな水たまり◆力太郎◆ちくたくてくはみつごのぶただ◆ちちとぴぴのりょこう◆チックとタック◆チビクロサンボ◆ちょうちょだけになぜなくの◆つきよに◆月よのからす◆月夜のバス◆月をわける◆土のふえ◆つるのはなし◆てがみ◆手紙をください◆てんぐとおひゃくしょう◆天にのぼったおけや◆どうぞのいす◆どじょうのにんじゅつ◆どっこい海へ行く◆ともだち◆とらとふえふき◆どろんこハリー◆とんびひょろろ◆長い長いペンギンの話◆なかなおり◆名前を見てちょうだい◆なまず◆にじ◆にじはとおい◆二年生になったはるおくん◆二年生のはる◆二本のかきの木◆ニャーゴ◆ねえさんぼし◆ねずみのおきょう◆ねずみのすもう◆ねずみのよめいり◆のろまなローラー◆のんびりつぼみ◆のんびりもりのぞうさん◆はさみが歩いた話◆はしの上のおおかみ◆はじめは「や!」◆ぱちんぱちんきらり◆花いっぱいになあれ◆花とうぐいす◆花の子どもたち◆花のすきなうし◆はなのみち◆はなび◆はまべのいす◆ハモニカじま◆早くめをだせ◆はやとり◆春がくる◆はるかぜのたいこ◆春です春の大そうじ◆春のおつかい◆はるのくまたち◆春の子もり歌◆春の雪だるま◆はるよこいこい◆半日村◆はんのきの見えるまど◆はんぶんずつすこしずつ◆ピーターのいす◆ぴかぴかのウーフ◆ひかりとそらまめ◆ひこ一とんち話◆ひしゃくぼし◆ひっこしてきたみさ◆ひつじ雲のむこうに◆ひと足あるくとぽろりん◆一つが二つ◆ピノキオ◆ピューンの花◆ひよこ◆ふきのとう◆ぼくとアルベスにいちゃん◆ふしぎな子ぶた◆ふしぎなたけのこ◆ふしぎふしぎ◆ふたりの小びと◆ぶらんこ◆ふるさとの空に帰った馬◆へんな一日◆ぼく、にげちゃうよ◆ぼくにはひみつがあります◆ぼくのだ!わたしのよ!◆マーシャとくま◆まことくんのらいおん◆まど◆みかんの木の寺◆みんなでえんそく◆みんなでつくったおかしパン◆みんなでるすばん◆みんなのくるま◆みんなのなまえ◆もしもしお母さん◆モモちゃんが生まれたとき◆森のうぐいす◆森の手じなし◆やさしいたんぽぽ◆ゆきのひのゆうびんやさん◆ゆめのきしゃ◆四ひきの音がくたい◆りすとかしのみ◆りすのわすれもの◆ろくべえまってろよ◆ろばうりのおやこ◆わしとたびびと◆わにのおじいさんのたからもの◆わにのバンポ◆わらしべちょうじゃ◆われた茶わん

編者あとがき

この一冊を楽しんでいただけたら、「教科書はつまらない」ということが思い込みに過ぎなかったことに気づいてもらえるのではないでしょうか。国語の教科書は、昔から多彩なおはなしの宝庫であり、読書の喜びの道案内役でもありました。そしてそのおはなしの一つ一つは、子どもの発達を考慮し、こまやかな配慮を隅々にまで行き渡らせながら書き上げられ、また選び抜かれているのです。こんなにも手間隙かけてつくられる本は、ほかにはないと思います。

私が教科書からの作品集を作ろうと思ったきっかけは、「ゆとりの教育」に疑問をもったことからでした（現在は見直されています）。子ども時代にたくさんのおはなしを読むことは心を豊かにしてくれます。それこそ真のゆとりです。それを単純に授業時間を減らすことで「ゆとり」を実現しようとした結果、国語の教科書から3割程度の作品が減らされました。つまり心にゆとりをもたらす読書の楽しみが切り捨てられたのです。それで減ってしまった分の作品を補えるような童話集を作ろうと思ったのです。

それくらい私は子ども時代にたくさん本を読むことが大切なことだと思っています。それはひとつに自分の中に別の世界を持つことができるからです。別の世界を持つことは、許容範囲を広げることでもあります。これは自分以外の人や考え方を受け入れるということです。同時に他者を許すことであり、認めることでもあります。このことは現実の中でも活かせると思います。現代人は

（若者だけでなく）すぐにキレル。（自分と違っているだけで）許せない。とても許容範囲が狭くなっているように思います。これはインターネット社会にあって、自分の世界だけで済むようになったからでしょうか。このような時代に本を読むことは、自分とは違う世界を認め、他者を受け入れる心の訓練としてもいいのではないかと思うのです。またゲームの世界と違うところは、文字から入るものは「想像する」作業が必要になってくるところと、ページを捲るという行為に、思いを巡らす時間が生まれるところだと思います。ここが一方的に情報が入ってきて瞬時に対応しなければならないゲームなどの世界と違うところだと思います。

このようなわけで童話集をつくろうと思い立ったわけですが、その指標としたのが、過去に掲載された教科書の作品でした。昭和40年から現在使用されている分までの全ての教科書を同じ作品でも端折らずに読み、前年度と表記が変わったところなどもメモしていきました。こうして調査を始めたのですが、読んでいくうちに、おとなでも童話から深い感動が味わえることを知り、それだけでなく童話を読むことで子どものころの元気を取り戻せるような気がしました。また先入観なしに生きていた子どものころのまっすぐな感性を呼び覚ませるような気もしたのです。その結果、この貴重な体験を多くのおとなに届けたい、もう一度おとなに童話を読む機会をつくりたいと思う気持ちに傾いていきました。

そういえば石井桃子さんが次のようなことをいっています。「子どもたちよ。子ども時代をしっかりと楽しんでください。おとなになってから、老人になってから、あなたを支えてくれるのは、子ども時代の「あなた」です」（東京都杉並区立中央図書館での石井桃子展より）

つまり人間が生きていく力の源というのは、子ども時代にあるのでしょう。だから人は子ども時代（の物）に触れたとき、元気を取り戻せるのではないかと思いました。童話には子ども時代を呼び覚ます力があって、それがおとなである私を元気づけてくれたのです。

ということは、懐かしいふるさとというのも、場所をさすのではなく、子ども時代のことなのかもしれません。そして教科書の世界は、みんなが一緒に帰っていける〝共通のふるさと〟ではないかと思いました。

こうして5年前、教科書からの作品集第一弾として、3、4年生の童話集を出したときには、おとなのための童話集として『おとなを休もう』というタイトルで出版しました。ところがこの本を手にしたおとなたちから、もっと子どもたちにも読ませたいという意見が届くようになったのです。もうこうなると卵が先か鶏が先か、子どもが先かおとなが先かの堂々巡りですね。確かにおとなになってから元気をもらうためには、子ども時代にしっかりと豊かなふるさと作りをしておかなくてはなりません。今の子どもたちのふるさと作りに、この本はとても役立つというのです。もっとも最初の動機は「子どもたちのために」でしたから、この意見は素直に受け入れることができました。それで今回、子どもにも、おとなにも手にとってもらえるようなタイトルに変えたのです。

「おとなは、だれも、はじめは子どもだった」（『星の王子さま』より　内藤濯訳）わけですから、この一冊もサン＝テグジュペリが『星の王子さま』に託したのと同じように、〝子どもだったころのおとなと、現役の子どものために〟おくりたいと思います。そして、それぞれの立場で楽しみながら読んでもらえたら、また役に立ててもらえたら、本当に嬉しいです。

こうしてできた20作品をおとなの立場で読んでみますと、本当に子ども時代に戻ったようなわくわくした気持ちになってきます。童話という心の中の遊園地で、思い切り羽を伸ばす心地よさとでもいったらいいでしょうか。なにしろ選りすぐりの良質な作品ばかりですから、かなり贅沢なフルコースといえると思います。フルコースというより、夢のような〝読む、お子さまランチ〟といった方がいいかもしれませんね（私は今でも〝お子さまランチ〟ということばを聞くと、それだけでもう嬉しくなってドキドキしてくるのです）。

子どもにとってたくさんの本を読むことは、心に別の世界を持つことで許容範囲を広げることができるようになるし、豊かな心をつくることで将来の自分の力を養うことにもなります。

一方おとなにとって童話を読むことは、子どものころの元気を取り戻せるというだけでなく、子どものころとは違った深い感動を味わえるという良さもあります。それは、おとなには子どもにはない数々の経験があるからです。辛かったこと、悲しかったこと、嬉しかったこと、それらをたくさん経験した分、人の優しさや思いやり、いたわりがどれだけありがたくて尊いものか、そしてそれがいかに難しいことかが身にしみてわかっています。それゆえ童話の主人公たちのあどけなくも無垢で素朴な優しさやいたわりに、思わず胸がいっぱいになるのでしょう。また単純なおはなしのように見えていたものに、実は人間にとって大切なこと、真実が隠されていることもあります。子どもの時には気づかなかったこれらのことが、経験や書き手の年齢に近づくことで見えてくることもあるのです。

童話の世界は、現実離れをした世界のように見えます。しかし、〝ファンタジー〟ということばは、もともとのギリシア語で「眼に見えるようにすること」という意味だそうですから、ファンタジーは空想の世界から、そこに秘められた真実を見つけていくおもしろさにもあるのかもしれません。おとなの童話の読み方として、書き手が作品に込めた真実を探してみるのもいいのではないでしょうか。なにしろ、肝心なことというのは……。

――キツネがいいました。「さっきの秘密をいおうかね。なに、なんでもないことだよ。心で見なくちゃ、ものごとはよく見えないってことさ。かんじんなことは、目に見えないんだよ」「かんじんなことは、目に見えない」と、王子さまは、忘れないようにくりかえしました。――

(『星の王子さま』より　内藤濯訳)

最後に改めまして、著者の先生方、著作権者の方々、転載を許可してくださった出版社、そして全く無名の出版社にもかかわらず装丁を引き受けてくださった和田誠先生、前回同様、表の作成をしてくれた実教出版の佐宗さんに心からの感謝と御礼を申し上げます。

同時にこの一冊に収めました18編の童話と2編の詩が、「あなたのすきとおったほんとうのたべもの」になることを願って筆をおきたいと思います。

二〇〇八年八月

石川　文子

＊小学校3、4年生の作品集は、『おとなを休もう』
というタイトルで出版されています。
収録作品：(1位) ごんぎつね、(2位) 一つの花、(3位) 白いぼうし
モチモチの木、おおきな木　他15編
ご注文はお近くの書店までお願いします。

くじらぐもから　チックタックまで

2008年11月1日　初版第1刷発行
2021年5月1日　第5刷発行

編　者　石川文子
発　行　有限会社　フロネーシス桜蔭社
発行者　石川文子
〒181-0013　東京都三鷹市下連雀2-12-12-202
電話0422-40-2171　ファクシミリ0422-40-2172
発　売　株式会社　メディアパル（共同出版者・流通責任者）
〒162-8710　東京都新宿区東五軒町6-24
電話03-5261-1171　ファクシミリ03-3235-4645
装　丁　和田　誠
印　刷　株式会社　東京美術印刷社

ISBN978-4-89610-746-3